AF544534

George Orwell

La Ferme des animaux

Mention légales:
Titre: La Ferme des animaux
Auteur: George Orwell
Traducteur: Sam Brooks
Maison d'édition: Pretorian Media GmbH, Ul. Sofia 1, BG-9000 Varna
ISBN: 9783903352810
Date: 2.1.2021

CHAPITRE I

M. Jones, du Manoir Farm, avait fermé les poulaillers pour la nuit, mais il était trop ivre pour se souvenir de fermer les trous. Avec la lumière de sa lanterne qui dansait d'un côté à l'autre, il s'est faufilé dans la cour, a enlevé ses bottes à la porte arrière, s'est tiré un dernier verre de bière du tonneau dans l'arrière-cuisine et s'est dirigé vers le lit, où Mme Jones ronflait déjà.

Dès que la lumière de la chambre s'est éteinte, il y a eu une agitation et un battement dans tous les bâtiments de la ferme. La nouvelle s'était répandue pendant la journée que le vieux Major, le sanglier blanc du milieu, avait fait un rêve étrange la nuit précédente et souhaitait le communiquer aux autres animaux. Il avait été convenu qu'ils devraient tous se retrouver dans la grande grange dès que M. Jones serait hors de danger. Le vieux Major (c'est ainsi qu'on l'appelait toujours, bien que le nom sous lequel il avait été exposé soit Willingdon Beauty) était si bien considéré dans la ferme que tout le monde était prêt à perdre une heure de sommeil pour entendre ce qu'il avait à dire.

A une extrémité de la grande grange, sur une sorte de plate-forme surélevée, Major était déjà installé sur son lit de paille, sous une lanterne suspendue à une poutre. Il avait douze ans et était devenu assez corpulent ces derniers temps, mais c'était encore un cochon à l'allure majestueuse, avec une apparence sage et bienveillante malgré le fait que ses fesses n'avaient jamais été coupées. Peu après, les autres animaux ont commencé à arriver et à se mettre à l'aise après leurs différentes modes. D'abord, les trois chiens, Bluebell, Jessie et Pincher, puis les cochons, qui se sont installés dans la paille juste devant la plate-forme. Les poules se sont perchées sur le rebord des fenêtres, les pigeons se sont élancés sur les chevrons, les moutons et les vaches se sont couchés derrière les cochons et ont commencé à mâcher la carie. Les deux chevaux de trait, Boxer et Clover, s'approchèrent ensemble, marchant très lentement et déposant leurs vastes sabots poilus avec beaucoup de précaution, de peur qu'un petit animal ne soit caché dans la paille. Clover était une jument maternelle robuste, proche de la quarantaine, qui n'avait jamais retrouvé sa silhouette après son quatrième poulain. Boxer était une énorme bête, haute de près de dix-huit mains, et aussi forte que deux chevaux ordinaires réunis. Une bande blanche sur son nez lui donnait une apparence quelque peu stupide. En fait, il n'était pas d'une intelligence de premier ordre, mais il était universellement respecté pour sa fermeté de caractère et ses énormes capacités de travail. Après les chevaux sont venus Muriel, la chèvre blanche, et Benjamin, l'âne. Benjamin était le plus vieil animal de la ferme, et le pire des tempéraments. Il parlait rarement, et quand il le faisait, c'était généralement pour faire une remarque cynique. Par exemple, il disait que Dieu lui avait donné une queue pour éloigner les mouches, mais qu'il aurait plus tôt été sans queue et sans mouches. Seul parmi les animaux de la ferme, il ne riait jamais. Si on lui demandait pourquoi, il répondrait qu'il n'a rien vu qui puisse le faire rire. Néanmoins, sans l'admettre ouvertement, il était dévoué à Boxer; tous deux passaient habituellement leurs dimanches ensemble dans le petit enclos situé au-delà du verger, paissant côte à côte et ne se parlant jamais.

Les deux chevaux venaient de s'allonger lorsqu'une couvée de canetons, qui avait perdu leur mère, s'est installée dans la grange, en poussant de faibles cris et en errant d'un côté à l'autre pour trouver un endroit où ils ne seraient pas piétinés. Le trèfle faisait une sorte de mur autour d'eux avec sa grande patte avant, et les canetons s'y nichaient et s'endormaient rapidement. Au dernier moment, Mollie, la jolie et stupide jument blanche qui avait dessiné le piège de M. Jones, est arrivée en hachant délicatement, en mâchant un morceau de sucre. Elle prit place près du front et commença à flirter avec sa crinière blanche, espérant attirer l'attention sur les rubans rouges avec lesquels elle était tressée. Enfin, la chatte, qui, comme d'habitude, cherchait l'endroit le plus chaud, et se serra finalement entre Boxer et Clover; elle ronronna avec contentement pendant tout le discours du Major, sans écouter un seul mot de ce qu'il disait.

Tous les animaux étaient maintenant présents sauf Moïse, le corbeau apprivoisé, qui dormait sur un perchoir derrière la porte arrière. Quand le Major a vu qu'ils s'étaient tous mis à l'aise et qu'ils attendaient attentivement, il s'est éclairci la gorge et a commencé:

"Camarades, vous avez déjà entendu parler du rêve étrange que j'ai fait la nuit dernière. Mais je reviendrai sur ce rêve plus tard. J'ai d'abord quelque chose d'autre à dire. Je ne pense pas, camarades, que je resterai encore de nombreux mois avec vous, et avant de mourir, je me sens le devoir de vous transmettre la sagesse que j'ai acquise. J'ai eu une longue vie, j'ai eu beaucoup de temps pour réfléchir alors que j'étais seul dans mon box, et je pense pouvoir dire que je comprends la nature de la vie sur cette terre ainsi que celle de tout animal vivant actuellement. C'est à ce sujet que je souhaite vous parler.

"Maintenant, camarades, quelle est la nature de cette vie qui est la nôtre? Regardons les choses en face: nos vies sont misérables, laborieuses et courtes. Nous naissons, on nous donne juste assez de nourriture pour garder le souffle dans notre corps, et ceux d'entre nous qui en sont capables sont obligés de travailler jusqu'au dernier atome de notre force ; et à l'instant même où notre utilité a pris fin, nous sommes massacrés avec une cruauté hideuse. En Angleterre, aucun animal ne connaît le sens du bonheur ou des loisirs après l'âge d'un an. Aucun animal en Angleterre n'est libre. La vie d'un animal est une vie de misère et d'esclavage: c'est la pure vérité.

"Mais cela fait-il simplement partie de l'ordre de la nature? Est-ce parce que notre terre est si pauvre qu'elle ne peut offrir une vie décente à ceux qui l'habitent? Non, camarades, mille fois non! Le sol de l'Angleterre est fertile, son climat est bon, il est capable d'offrir de la nourriture en abondance à un nombre d'animaux énormément plus important que celui qui l'habite actuellement. Notre seule ferme pourrait faire vivre une douzaine de chevaux, vingt vaches, des centaines de moutons - et tous ces animaux vivent dans un confort et une dignité qui dépassent aujourd'hui presque notre imagination. Pourquoi donc continuons-nous à vivre dans ces conditions misérables? Parce que la quasi-totalité de la production de notre travail nous est volée par les êtres humains. Voilà, camarades, la réponse à tous nos problèmes. Elle se résume en un seul mot: l'homme. L'homme est le seul véritable ennemi que nous ayons. Si nous retirons l'Homme de la scène, la cause première de la faim et du surmenage est abolie à jamais.

"L'homme est la seule créature qui consomme sans produire. Il ne donne pas de lait, il ne pond pas d'œufs, il est trop faible pour tirer la charrue, il ne peut pas courir assez vite pour attraper des lapins. Pourtant, il est le seigneur de tous les animaux. Il les met au travail, il leur rend le strict minimum qui leur évitera de mourir de faim, et le reste, il le garde pour lui. Notre travail laboure le sol, nos excréments le fertilisent, et pourtant aucun d'entre nous ne possède plus que sa peau nue. Vous, les vaches que je vois devant moi, combien de milliers de litres de lait avez-vous donné au cours de cette dernière année? Et qu'est-il arrivé à ce lait qui aurait dû servir à élever des veaux robustes? Chaque goutte de ce lait est passée dans la gorge de nos ennemis. Et vous, les poules, combien d'œufs avez-vous pondus l'année dernière, et combien de ces œufs sont devenus des poules? Le reste est allé au marché pour rapporter de l'argent à Jones et à ses hommes. Et toi, Clover, où sont les quatre poulains que tu as portés, qui auraient dû être le soutien et le plaisir de ta vieillesse? Chacun d'eux a été vendu à l'âge d'un an - tu ne reverras jamais l'un d'entre eux. En échange de tes quatre confinements et de tout ton travail dans les champs, qu'as-tu jamais eu, si ce n'est tes rations et un box?

"Et même les vies misérables que nous menons n'ont pas le droit d'atteindre leur durée naturelle. Pour ma part, je ne me plains pas, car je fais partie des chanceux. J'ai douze ans et j'ai eu plus de quatre cents enfants. Telle est la vie naturelle d'un porc. Mais aucun animal n'échappe au couteau cruel à la fin. Vous, les jeunes porcs qui êtes assis devant moi, chacun d'entre vous criera sa vie sur le billot d'ici un an. À cette horreur, nous devons tous venir - vaches, porcs, poules, moutons, tout le monde. Même les chevaux et les chiens n'ont pas de meilleur destin. Toi, Boxer, le jour même où tes grands muscles perdront leur puissance, Jones te vendra à l'équarrisseur, qui te tranchera la gorge et te fera bouillir pour les chiens renards. Quant aux chiens, quand ils vieillissent et deviennent édentés, Jones leur attache une brique au cou et les noie dans l'étang le plus proche.

"N'est-il donc pas clair, camarades, que tous les maux de notre vie proviennent de la tyrannie des êtres humains? Débarrassez-vous seulement de l'homme, et le produit de notre travail sera le nôtre. Presque du jour au lendemain, nous pourrions devenir riches et libres. Que devons-nous faire alors? Pourquoi, travailler nuit et jour, corps et âme, pour le renversement de la race humaine! Tel est le message que je vous adresse, camarades: Rébellion! Je ne sais pas quand cette rébellion arrivera, peut-être dans une semaine ou dans cent ans, mais je sais, aussi sûrement que je vois cette paille sous mes pieds, que tôt ou tard, justice sera faite. Fixez vos yeux là-dessus, camarades, pendant le court reste de votre vie! Et surtout, transmettez mon message à ceux qui viendront après vous, afin que les générations futures poursuivent la lutte jusqu'à la victoire.

"Et rappelez-vous, camarades, votre résolution ne doit jamais faiblir. Aucun argument ne doit vous égarer. N'écoutez jamais quand on vous dit que l'homme et les animaux ont un intérêt commun, que la prospérité de l'un est la prospérité des autres. Ce ne sont que des mensonges. L'homme ne sert les intérêts d'aucune créature, sauf les siens. Et parmi nous, les animaux, qu'il y ait une unité parfaite, une camaraderie parfaite dans la lutte. Tous les hommes sont des ennemis. Tous les animaux sont des camarades."

À ce moment, il y a eu un énorme tumulte. Pendant que le Major parlait, quatre gros rats étaient sortis de leurs trous et étaient assis sur leur arrière-train, à l'écouter. Les chiens les avaient soudain aperçus, et

ce n'est que par une rapide course vers leurs trous que les rats leur ont sauvé la vie. Le major a levé son trotteur pour faire silence.

"Camarades", a-t-il dit, "voici un point qui doit être réglé. Les créatures sauvages, telles que les rats et les lapins, sont-ils nos amis ou nos ennemis? Mettons-le au vote. Je propose cette question à l'assemblée: Les rats sont-ils nos camarades?"

Le vote a eu lieu immédiatement, et une majorité écrasante a décidé que les rats étaient des camarades. Il n'y avait que quatre dissidents, les trois chiens et le chat, dont on a découvert par la suite qu'ils avaient voté des deux côtés. Le major poursuit:

"Je n'ai plus grand-chose à dire. Je me contente de répéter, souvenez-vous toujours de votre devoir d'inimitié envers l'Homme et toutes ses voies. Tout ce qui repose sur deux jambes est un ennemi. Tout ce qui se déplace sur quatre pattes ou qui a des ailes est un ami. Et rappelez-vous aussi qu'en combattant l'Homme, nous ne devons pas lui ressembler. Même lorsque vous l'avez conquis, n'adoptez

pas ses vices. Aucun animal ne doit vivre dans une maison, ni dormir dans un lit, ni porter de vêtements, ni boire de l'alcool, ni fumer du tabac, ni toucher de l'argent, ni faire du commerce. Toutes les habitudes de l'homme sont mauvaises. Et, surtout, aucun animal ne doit jamais tyranniser sa propre espèce. Faibles ou forts, intelligents ou simples, nous sommes tous frères. Aucun animal ne doit jamais tuer un autre animal. Tous les animaux sont égaux.

"Et maintenant, camarades, je vais vous raconter mon rêve de la nuit dernière. Je ne peux pas vous décrire ce rêve. C'était un rêve de la terre telle qu'elle sera lorsque l'homme aura disparu. Mais il m'a rappelé quelque chose que j'avais oublié depuis longtemps. Il y a de nombreuses années, lorsque j'étais un petit cochon, ma mère et les autres truies chantaient une vieille chanson dont elles ne connaissaient que l'air et les trois premiers mots. Je connaissais cet air depuis mon enfance, mais il avait disparu de mon esprit depuis longtemps. La nuit dernière, cependant, elle m'est revenue en rêve. De plus, les paroles de la chanson sont également revenues - des paroles, j'en suis certain, qui ont été chantées par les animaux il y a longtemps et qui sont perdues de vue depuis des générations. Je vais vous chanter cette chanson maintenant, camarades. Je suis vieux et ma voix est rauque, mais quand je vous aurai appris la mélodie, vous pourrez mieux la chanter vous-mêmes. Elle s'appelle "Beasts of England".

Le vieux Major s'est éclairci la gorge et s'est mis à chanter. Comme il l'avait dit, sa voix était rauque, mais il chantait assez bien, et c'était un air émouvant, quelque chose entre "Clémentine" et "La Cucaracha". Les mots couraient:

Bêtes d'Angleterre, bêtes d'Irlande, bêtes de tous les pays et de tous les climes,

Écoutez ma joyeuse nouvelle du temps doré à venir.

Bientôt ou tard, le jour viendra où l'homme tyran sera renversé, Et les champs fertiles de l'Angleterre seront foulés par les bêtes seules.

Les anneaux disparaîtront de notre nez, Et le harnais de notre dos, La mèche et l'éperon rouilleront à jamais, Les fouets cruels ne craqueront plus.

Les riches plus que l'esprit ne peut l'imaginer, le blé et l'orge, l'avoine et le foin, le trèfle, les haricots et les mangues seront à nous ce jour-là.

Les champs de l'Angleterre brilleront, ses eaux seront plus pures, ses brises plus douces encore, le jour qui nous rendra libres.

Ce jour-là, nous devons tous travailler, même si nous mourons avant qu'il ne se brise; les vaches et les chevaux, les oies et les dindes, tous doivent travailler pour le bien de la liberté.

Bêtes de l'Angleterre, bêtes de l'Irlande, bêtes de tous les pays et de tous les climes, Écoutez bien et répandez ma nouvelle du temps doré futur.

Le chant de cette chanson a plongé les animaux dans la plus grande excitation. Presque avant que le Major n'arrive à la fin, ils avaient commencé à la chanter pour eux-mêmes. Même les plus stupides d'entre eux avaient déjà saisi la mélodie et quelques mots, et quant aux plus intelligents, comme les cochons et les chiens, ils avaient la chanson entière par cœur en quelques minutes. Et puis, après quelques essais préliminaires, toute la ferme s'est transformée en "Beasts of England" à l'unisson. Les vaches l'ont fait descendre, les chiens l'ont fait gémir, les moutons l'ont fait bêler, les chevaux l'ont fait gémir, les canards l'ont fait charmer. Ils étaient tellement ravis de cette chanson qu'ils l'ont chantée cinq fois de suite et auraient pu continuer à la chanter toute la nuit s'ils n'avaient pas été interrompus.

Malheureusement, le tumulte a réveillé M. Jones, qui est sorti du lit en s'assurant qu'il y avait un renard dans la cour. Il s'est emparé de l'arme qui se trouvait toujours dans un coin de sa chambre, et a laissé voler une charge de numéro 6 tirée dans l'obscurité. Les balles se sont enfouies dans le mur de la grange et la réunion s'est terminée précipitamment. Chacun s'est enfui vers son propre lieu de sommeil. Les oiseaux sautèrent sur leurs perchoirs, les animaux s'installèrent dans la paille, et toute la ferme s'endormit en un instant.

CHAPITRE II

Trois nuits plus tard, le vieux Major est mort paisiblement dans son sommeil. Son corps a été enterré au pied du verger.

C'était au début du mois de mars. Pendant les trois mois suivants, il y a eu beaucoup d'activités secrètes. Le discours de Major avait donné aux animaux les plus intelligents de la ferme une toute nouvelle perspective sur la vie. Ils ne savaient pas quand la rébellion prévue par Major aurait lieu, ils n'avaient aucune raison de penser que ce serait de leur vivant, mais ils voyaient clairement qu'il était de leurdevoir de s'y préparer. Le travail d'enseignement et d'organisation des autres incombe naturellement aux porcs, qui sont généralement reconnus comme les plus intelligents des animaux. Parmi les porcs, les plus importants étaient deux jeunes sangliers nommés Snowball et Napoléon, que M. Jones élevait pour les vendre. Napoléon était un grand sanglier Berkshire à l'allure plutôt féroce, le seul Berkshire de la ferme, pas très bavard, mais réputé pour obtenir ce qu'il voulait. Snowball était un cochon plus vif que Napoléon, plus rapide à la parole et plus inventif, mais il n'était pas considéré comme ayant la même profondeur de caractère. Tous les autres porcs mâles de la ferme étaient des porcs. Le plus connu d'entre eux était un petit cochon gras nommé Squealer, aux joues très rondes, aux yeux scintillants, aux mouvements agiles et à la voix stridente. C'était un bavard brillant, et lorsqu'il discutait d'un point difficile, il avait une façon de sauter d'un côté à l'autre et de fouetter sa queue qui était en quelque sorte très persuasive. Les autres ont dit de Squealer qu'il pouvait transformer le noir en blanc.

Ces trois-là avaient élaboré les enseignements du vieux Major en un système de pensée complet, auquel ils donnèrent le nom d'Animalisme. Plusieurs nuits par semaine, après le sommeil de M. Jones, ils tenaient des réunions secrètes dans la grange et exposaient aux autres les principes de l'animalisme. Au début, ils se sont heurtés à beaucoup de stupidité et d'apathie. Certains des animaux parlaient du devoir de loyauté envers M. Jones, qu'ils appelaient "Maître", ou faisaient des remarques élémentaires telles que "M. Jones nous nourrit". S'il était parti, nous devrions mourir de faim". D'autres ont posé des questions telles que "Pourquoi devrions-nous nous soucier de ce qui se passe après notre mort" ou "Si cette rébellion doit se produire de toute façon, quelle différence cela fait-il que nous y travaillions ou non", et les porcs ont eu beaucoup de mal à leur faire comprendre que cela était contraire à l'esprit de l'animalisme. Les questions les plus stupides de toutes ont été posées par Mollie, la jument blanche. La toute première question qu'elle a posée à Boule de neige était "Y aura-t-il encore du sucre après la Rébellion?"

"Non", a dit fermement Boule de neige. "Nous n'avons aucun moyen de fabriquer du sucre dans cette ferme. De plus, vous n'avez pas besoin de sucre. Vous aurez toute l'avoine et le foin que vous voulez".

"Et aurai-je encore le droit de porter des rubans dans ma crinière?" demande Mollie.

"Camarade", a dit Snowball, "ces rubans auxquels vous êtes si dévoués sont l'insigne de l'esclavage. Ne peux-tu pas comprendre que la liberté vaut plus que les rubans?"

Mollie est d'accord, mais elle n'a pas l'air très convaincue.

Les porcs ont dû lutter encore plus fort pour contrer les mensonges de Moïse, le corbeau apprivoisé. Moïse, qui était l'animal de compagnie de M. Jones, était un espion et un porte parole, mais il était aussi un beau parleur. Il prétendait connaître l'existence d'un pays mystérieux appelé la montagne de la

Canne à sucre, où tous les animaux se rendaient lorsqu'ils mouraient. Il était situé quelque part dans le ciel, un peu au-delà des nuages, a dit Moïse. Dans la montagne Sugarcandy, c'était le dimanche, sept jours sur sept, le trèfle était de saison toute l'année, et le sucre en morceaux et le gâteau de lin poussaient sur les haies. Les animaux détestaient Moïse parce qu'il racontait des histoires et ne travaillait pas, mais certains d'entre eux croyaient en la montagne Sugarcandy, et les cochons devaient argumenter très fort pour les persuader que cet endroit n'existait pas.

Leurs plus fidèles disciples étaient les deux chevaux de trait, Boxer et Clover. Ces deux-là avaient beaucoup de mal à penser par eux-mêmes, mais ayant une fois accepté les cochons comme maîtres, ils absorbaient tout ce qu'on leur disait, et le transmettaient aux autres animaux par de simples arguments. Ils ne manquaient jamais d'assister aux réunions secrètes dans la grange et dirigeaient le chant des "Bêtes d'Angleterre", qui clôturait toujours les réunions.

Il s'est avéré que la rébellion s'est déroulée beaucoup plus tôt et plus facilement que ce à quoi on s'attendait. Ces dernières années, M. Jones, bien qu'il ait été un maître difficile, avait été un fermier compétent, mais il était récemment tombé dans des jours difficiles. Il était devenu très découragé après avoir perdu de l'argent dans un procès, et s'était mis à boire plus que ce qui était bon pour lui. Pendant des jours entiers, il se reposait sur sa chaise Windsor dans la cuisine, lisant les journaux, buvant et nourrissant occasionnellement Moïse avec des croûtes de pain trempées dans la bière. Ses homes étaient oisifs et malhonnêtes, les champs étaient pleins de mauvaises herbes, les bâtiments voulaient des toits, les haies étaient négligées et les animaux étaient sous-alimentés.

Le mois de juin est arrivé et le foin était presque prêt à être coupé. La veille du solstice d'été, un samedi, M. Jones est allé à Willingdon et s'est tellement soûlé au Red Lion qu'il n'est pas revenu avant midi le dimanche. Les hommes avaient trait les vaches au petit matin et étaient ensuite sortis pour lapider, sans prendre la peine de nourrir les animaux. Lorsque M. Jones est revenu, il s'est immédiatement endormi sur le canapé du salon avec les Nouvelles du monde sur le visage, de sorte que le soir venu, les animaux n'étaient toujours pas nourris. Enfin, ils ne pouvaient plus le supporter. Une des vaches a enfoncé la porte de l'étable avec sa corne et tous les animaux ont commencé à se servir dans les bacs. C'est à ce moment que M. Jones s'est réveillé. Le moment suivant, lui et ses quatre hommes se trouvaient dans l'entrepôt avec des fouets à la main, se débattant dans toutes les directions. C'était plus que ce que les animaux affamés pouvaient supporter. D'un commun accord, bien que rien de tel n'ait été prévu au préalable, ils se jetèrent sur leurs bourreaux. Jones et ses hommes se retrouvèrent soudain en butte à des coups de pied de tous les côtés. La situation était hors de leur contrôle. Ils n'avaient jamais vu d'animaux se comporter ainsi auparavant, et ce soulèvement soudain de créatures qu'ils avaient l'habitude de battre et de maltraiter à leur guise, les effrayait presque à mort. Au bout d'un moment ou deux, ils ont cessé de se défendre et ont pris leurs jambes à leur cou. Une minute plus tard, ils étaient tous les cinq en plein vol sur la piste de chariots qui menait à la route principale, et les animaux les poursuivaient en triomphe.

Mme Jones a regardé par la fenêtre de la chambre, a vu ce qui se passait, a précipitamment jeté quelques biens dans un sac de moquette et s'est glissée hors de la ferme par un autre moyen. Moïse a sauté de son perchoir et s'est jeté sur elle en croassant bruyamment. Pendant ce temps, les animaux avaient poursuivi Jones et ses hommes sur la route et claquaient la barrière à cinq barres derrière eux. Et ainsi, presque avant qu'ils ne sachent ce qui se passait, la rébellion avait été menée à bien: Jones fut expulsé, et le manoir leur appartenait.

Pendant les premières minutes, les animaux ont eu du mal à croire en leur bonne fortune. Leur premier acte a été de galoper au galop autour de la ferme, comme pour s'assurer qu'aucun être humain ne s'y cachait, puis ils ont couru jusqu'aux bâtiments de la ferme pour effacer les dernières traces du règne détesté de Jones. La salle du harnais au bout des écuries a été ouverte ; les mors, les anneaux de nez, les chaînes de chien, les couteaux cruels avec lesquels M. Jones avait été utilisé pour castrer les cochons et les agneaux, ont tous été jetés dans le puits. Les rênes, les licous, les oeillères, les muserolles dégradantes, furent jetés sur le feu de poubelle qui brûlait dans la cour. Les fouets aussi. Tous les animaux se sont réjouis en voyant les fouets s'enflammer. Boule de neige a également jeté sur le feu les rubans avec lesquels les crinières et les queues des chevaux étaient habituellement décorées les jours de marché.

"Les rubans", a-t-il dit, "doivent être considérés comme des vêtements, qui sont la marque d'un être humain. Tous les animaux devraient être nus".

Quand Boxer entendit cela, il alla chercher le petit chapeau de paille qu'il portait en été pour éloigner les mouches de ses oreilles, et le jeta sur le feu avec le reste.

En très peu de temps, les animaux avaient détruit tout ce qui leur rappelait M. Jones. Napoléon les a alors ramenés au magasin et a servi une double ration de maïs à tout le monde, avec deux biscuits pour chaque chien. Ils chantèrent ensuite "Beasts of England" d'un bout à l'autre sept fois de suite, puis ils s'installèrent pour la nuit et dormirent comme ils n'avaient jamais dormi auparavant.

Mais ils se sont réveillés à l'aube comme d'habitude, et soudain, se souvenant de la chose glorieuse qui s'était produite, ils ont tous couru ensemble dans le pâturage. Un peu plus loin dans le pâturage, il y avait un monticule qui offrait une vue sur la plus grande partie de la ferme. Les animaux se sont précipités au sommet et ont regardé autour d'eux dans la lumière du matin. Oui, c'était à eux - tout ce qu'ils pouvaient voir était à eux! Dans l'extase de cette pensée, ils gambadaient, se lançaient en l'air dans de grands bonds d'excitation. Ils se roulaient dans la rosée, ils coupaient des bouchées de la douce

herbe d'été, ils soulevaient des mottes de terre noire et en étouffaient le riche parfum. Puis ils firent une tournée d'inspection de toute la ferme et arpentèrent avec une admiration sans voix les terres labourées, le champ de foin, le verger, la piscine, la filature. C'était comme s'ils n'avaient jamais vu ces choses auparavant, et même maintenant ils avaient du mal à croire que tout cela leur appartenait.

Puis ils ont regagné les bâtiments de la ferme et se sont arrêtés en silence devant la porte de la ferme. C'était aussi la leur, mais ils avaient peur de rentrer à l'intérieur. Au bout d'un moment, Boule de neige et Napoléon ont enfoncé la porte avec leurs épaules et les animaux sont entrés en file indienne, marchant avec le plus grand soin de peur de déranger. Ils marchaient sur la pointe des pieds d'une pièce à l'autre, craignant de parler à voix basse et regardant avec une sorte d'émerveillement le luxe incroyable, les lits avec leurs matelas de plumes, les lunettes, le canapé en crin de cheval, le tapis de Bruxelles, la lithographie de la reine Victoria au-dessus de la cheminée du salon. La luxure les poussait à descendre les escaliers lorsque la disparition de Mollie a été découverte. En repartant, les autres ont découvert qu'elle était restée dans la meilleure chambre. Elle avait pris un morceau de ruban bleu de la coiffeuse de Mrs. Jones, le tenait contre son épaule et s'admirait dans le verre d'une manière très insensée. Les autres lui ont fait de vifs reproches et sont sortis. Certains jambons accrochés dans la cuisine ont été sortis pour être enterrés, et le tonneau de bière dans l'arrière-cuisine a été réchauffer d'un coup de sabot de Boxer, sinon rien dans la maison n'a été touché. Une résolution unanime a été adoptée sur place pour que la ferme soit conservée comme musée. Tous sont d'accord sur le fait qu'aucun animal ne doit jamais y vivre.

Les animaux ont pris leur petit déjeuner, puis Boule de neige et Napoléon les ont réunis à nouveau. "Camarades," dit Snowball, "il est six heures et demie et nous avons une longue journée devant nous.

Aujourd'hui, nous commençons la récolte du foin. Mais il y a une autre question dont il faut s'occuper en premier".

Les porcs ont maintenant révélé qu'au cours des trois derniers mois, ils avaient appris à lire et à écrire à partir d'un vieux livre d'orthographe qui avait appartenu aux enfants de M. Jones et qui avait été jeté sur le tas d'ordures. Napoléon a fait venir des pots de peinture en noir et blanc et a ouvert la voie vers la porte à cinq barres qui donnait sur la route principale. Puis Boule de neige (car c'est elle qui sait le mieux écrire) prend un pinceau entre les deux poings de son trotteur, peint MANOR FARM sur la barre supérieure de la grille et peint à la place ANIMAL FARM. Ce sera le nom de la ferme à partir de maintenant. Ensuite, ils retournèrent aux bâtiments de la ferme, où Boule de neige et Napoléon firent venir une échelle qu'ils firent placer contre le mur du fond de la grande grange. Ils ont expliqué que

grâce à leurs études des trois derniers mois, les porcs avaient réussi à réduire les principes de l'animalisme aux sept commandements. Ces sept commandements seraient maintenant inscrits sur le mur; ils formeraient une loi inaltérable selon laquelle tous les animaux de la ferme doivent vivre pour

toujours. Avec une certaine difficulté (car il n'est pas facile pour un cochon de se tenir en équilibre sur une échelle), Boule de neige s'est mise au travail, avec Squealer quelques barreaux en dessous de lui tenant le pot de peinture. Les Commandements étaient écrits sur le mur goudronné en grandes lettres blanches qui pouvaient être lues à trente mètres de distance. Ils coururent ainsi:

LES SEPT COMMANDEMENTS

1. Tout ce qui repose sur deux jambes est un ennemi.
2. Tout ce qui repose sur quatre pattes, ou qui a des ailes, est un ami.
3. Aucun animal ne doit porter de vêtements.

4. Aucun animal ne doit dormir dans un lit.
5. Aucun animal ne doit boire d'alcool.
6. Aucun animal ne doit tuer un autre animal.
7. Tous les animaux sont égaux.

C'était très bien écrit, et sauf que "friend" s'écrivait "freind" et qu'un des "S" était à l'envers, l'orthographe était correcte tout du long. Boule de neige l'a lu à haute voix pour le bénéfice des autres. Tous les animaux hochèrent la tête en parfait accord, et les plus intelligents commencèrent immédiatement à apprendre les Commandements par cœur.

"Maintenant, camarades", s'écria Boule de neige, en jetant le pinceau, "au champ de foin! Mettons un point d'honneur à arriver à la récolte plus vite que Jones et ses hommes ne pourraient le faire".

Mais à ce moment, les trois vaches, qui semblaient mal à l'aise depuis un certain temps déjà, se sont mises à faire du bruit. Elles n'avaient pas été traites depuis vingt-quatre heures, et leurs pis étaient presque éclatés. Après une petite réflexion, les porcs ont envoyé chercher des seaux et ont réussi à traire les vaches assez bien, leurs trotteurs étant bien adaptés à cette tâche. Bientôt, il y eut cinq seaux de lait crémeux moussant, que beaucoup d'animaux regardèrent avec un intérêt considérable.

"Que va-t-il arriver à tout ce lait?" a dit quelqu'un.

"Jones avait l'habitude d'en mélanger parfois dans notre purée", a déclaré l'une des poules.

"Peu importe le lait, camarades!" s'écrie Napoléon en se plaçant devant les seaux. "On va s'occuper de ça. La récolte est plus importante. Le camarade Boule de neige ouvrira la voie. Je le suivrai dans quelques minutes. En avant, camarades! Le foin attend."

Les animaux se sont donc rendus en troupe dans le champ de foin pour commencer la récolte, et lorsqu'ils sont revenus le soir, on a remarqué que le lait avait disparu.

CHAPITRE III

Comme ils ont peiné et transpiré pour faire rentrer le foin! Mais leurs efforts ont été récompensés, car la récolte a été un succès encore plus grand que ce qu'ils avaient espéré.

Parfois, le travail était difficile ; les outils avaient été conçus pour les êtres humains et non pour les animaux, et le fait qu'aucun animal ne pouvait utiliser un outil qui impliquait de se tenir sur ses pattes arrière constituait un grand inconvénient. Mais les porcs étaient si intelligents qu'ils pouvaient trouver un moyen de contourner chaque difficulté. Quant aux chevaux, ils connaissaient chaque centimètre du terrain et comprenaient en fait le travail de fauchage et de ratissage bien mieux que Jones et ses hommes ne l'avaient jamais fait. Les cochons ne travaillaient pas vraiment, mais dirigeaient et supervisaient les autres. Avec leurs connaissances supérieures, il était naturel qu'ils prennent la direction des opérations. Boxer et Clover s'attelaient au coupeur ou au râteau à chevaux (à l'époque, il n'y avait pas besoin de mors ni de rênes, bien sûr) et faisaient régulièrement le tour du champ avec un cochon qui marchait derrière eux en criant "Gee up, comrade !" ou "Whoa back, comrade !" selon le cas. Et tous les animaux, jusqu'aux plus humbles, s'efforçaient de retourner le foin et de le ramasser. Même les canards et les poules faisaient des allers-retours toute la journée au soleil, portant de minuscules brins de foin dans leur bec. Finalement, ils finirent la récolte en deux jours de moins que ce qu'il fallait habituellement à Jones et à ses hommes. De plus, c'était la plus grosse récolte que la ferme ait jamais connue. Il n'y a eu aucun gaspillage, les poules et les canards aux yeux aiguisés avaient ramassé la toute dernière tige. Et pas un seul animal de la ferme n'avait volé, pas même une bouchée.

Tout au long de cet été, le travail de la ferme s'est déroulé comme une horloge. Les animaux étaient heureux, car ils n'avaient jamais imaginé qu'il était possible de l'être. Chaque bouchée de nourriture était un plaisir positif aigu, maintenant que c'était vraiment leur propre nourriture, produite par eux- mêmes et pour eux-mêmes, et non pas distribuée par un maître réticent. Avec la disparition des êtres humains parasites sans valeur, il y avait plus à manger pour tout le monde. Il y avait aussi plus de loisirs, même si les animaux étaient inexpérimentés. Ils rencontraient de nombreuses difficultés. Par exemple, plus tard dans l'année, lorsqu'ils récoltaient le maïs, ils devaient le fouler à l'ancienne et en souffler la paille, car la ferme ne possédait pas de batteuse, mais les cochons, avec leur intelligence, et Boxer, avec ses muscles énormes, les tiraient toujours au travers. Boxer était l'admiration de tous. Il avait été un travailleur acharné même à l'époque de Jones, mais maintenant il ressemblait plus à trois chevaux qu'à un seul; il y avait des jours où tout le travail de la ferme semblait reposer sur ses puissantes épaules. Du matin au soir, il poussait et tirait, toujours à l'endroit où le travail était le plus dur. Il s'était arrangé avec un des coqs pour l'appeler le matin une demi-heure plus tôt que les autres, et il faisait du travail bénévole à ce qui lui semblait le plus nécessaire, avant le début de la journée de travail normale. Sa réponse à chaque problème, à chaque revers, était "Je travaillerai plus dur" - ce qu'il avait adopté comme devise personnelle.

Mais chacun a travaillé selon ses capacités. Les poules et les canards, par exemple, ont sauvé cinq boisseaux de maïs à la récolte en ramassant les grains errants. Personne ne volait, personne ne se plaignait de ses rations, les querelles, les morsures et la jalousie, qui étaient des caractéristiques normales de la vie d'autrefois, avaient presque disparu. Personne ne s'est dérobé - ou presque. Mollie, il est vrai, n'était pas douée pour se lever le matin, et elle avait une façon de quitter le travail tôt, au motif qu'il y avait une pierre dans son sabot. Et le comportement du chat était un peu particulier. On s'est vite rendu compte que lorsqu'il y avait du travail à faire, le chat était introuvable. Il disparaissait pendant des heures, puis réapparaissait à l'heure des repas ou le soir après le travail, comme si de rien n'était. Mais elle trouvait toujours d'excellentes excuses et ronronnait si affectueusement qu'il était impossible de ne pas croire en ses bonnes intentions. Le vieux Benjamin, l'âne, ne semblait pas avoir changé depuis la rébellion. Il faisait son travail avec la même lenteur et la même obstination qu'à l'époque de Jones, ne se dérobant jamais et ne se portant jamais volontaire pour un travail supplémentaire non plus. Il n'exprimait aucune opinion sur la rébellion et ses résultats. Lorsqu'on lui demandait s'il n'était pas plus heureux maintenant que Jones était parti, il répondait seulement: "Les ânes vivent longtemps. Aucun d'entre vous n'a jamais vu un âne mort", et les autres devaient se contenter de cette réponse énigmatique.

Le dimanche, il n'y avait pas de travail. Le petit déjeuner était pris une heure plus tard que d'habitude et, après le petit déjeuner, il y avait une cérémonie qui était observée chaque semaine sans faute. Il y avait d'abord le hissage du drapeau. Boule de neige avait trouvé dans la salle du harnais une vieille nappe verte de Mme Jones et avait peint sur celle-ci un sabot et une corne en blanc. Le drapeau était hissé dans le jardin de la ferme tous les dimanches matin. Le drapeau était vert, expliqua Boule de neige, pour représenter les champs verts de l'Angleterre, tandis que le sabot et la corne signifiaient la future République des Animaux qui naîtrait lorsque la race humaine serait enfin renversée. Après le hissage du drapeau, tous les animaux se sont rassemblés dans la grande grange pour une assemblée générale qui a été connue sous le nom de Meeting. C'est là que le travail de la semaine suivante a été planifié et que les résolutions ont été présentées et débattues. Ce sont toujours les cochons qui ont présenté les résolutions. Les autres animaux comprenaient comment voter, mais ne pouvaient pas penser à leurs propres résolutions. Boule de neige et Napoléon étaient de loin les plus actifs dans les débats. Mais on a remarqué que ces deux-là n'étaient jamais d'accord: quelle que soit la suggestion faite par l'un d'eux, on pouvait compter sur l'autre pour s'y opposer. Même lorsqu'il a été décidé - chose à laquelle personne ne pouvait s'opposer en soi - de réserver le petit enclos derrière le verger comme lieu de repos pour les animaux qui avaient quitté le travail, il y a eu un débat houleux sur l'âge correct de la retraite pour chaque classe d'animaux. La réunion se terminait toujours par le chant des "Bêtes d'Angleterre", et l'après-midi était consacrée à la détente.

Les porcs avaient mis de côté la salle du harnais pour en faire leur quartier général. Le soir, ils y étudiaient la forge, la menuiserie et d'autres arts nécessaires à partir de livres qu'ils avaient apportés de la ferme. Snowball s'occupait également d'organiser les autres animaux en ce qu'il appelait des comités d'animaux. Il était infatigable dans ce domaine. Il forma le Comité de production d'oeufs pour les poules, la Ligue des queues propres pour les vaches, le Comité de rééducation des camarades sauvages (dont le but était d'apprivoiser les rats et les lapins), le Mouvement de la laine blanche pour les moutons, et bien d'autres, en plus d'instituer des cours de lecture et d'écriture. Dans l'ensemble, ces projets ont été un échec. La tentative d'apprivoiser les créatures sauvages, par exemple, a échoué Presque immédiatement. Ils ont continué à se comporter comme avant et, lorsqu'ils ont été traités avec générosité, ils en ont tout simplement profité. Le chat a rejoint le comité de rééducation et y a été très actif pendant quelques jours. Un jour, on l'a vue assise sur un toit et parler à des moineaux qui étaient juste hors de sa portée. Elle leur disait que tous les animaux étaient désormais des camarades et que tout moineau qui le désirait pouvait venir se percher sur sa patte; mais les moineaux gardaient leurs distances.

Les cours de lecture et d'écriture ont cependant connu un grand succès. À l'automne, presque tous les animaux de la ferme étaient alphabétisés dans une certaine mesure.

Quant aux cochons, ils savaient déjà parfaitement lire et écrire. Les chiens ont appris à lire assez bien, mais n'étaient pas intéressés à lire quoi que ce soit, sauf les sept commandements. Muriel, la chèvre, lisait un peu mieux que les chiens, et avait parfois l'habitude de faire la lecture aux autres le soir à partir de bouts de journaux qu'elle trouvait sur le tas d'ordures. Benjamin pouvait lire aussi bien que n'importe quel cochon, mais n'a jamais exercé sa faculté. Pour autant qu'il le sache, dit-il, il n'y avait rien qui vaille la peine d'être lu. Clover a appris tout l'alphabet, mais il ne savait pas assembler les mots. Boxer ne pouvait pas aller au-delà de la lettre D. Il traçait A, B, C, D, dans la poussière avec son grand sabot, puis se tenait debout en fixant les lettres avec ses oreilles en arrière, secouant parfois son avant-bras, essayant de toutes ses forces de se rappeler ce qui venait ensuite et n'y parvenait jamais. À plusieurs reprises, en effet, il a appris E, F, G, H, mais lorsqu'il les connaissait, on découvrait toujours qu'il avait oublié A, B, C et D. Finalement, il a décidé de se contenter des quatre premières lettres et les écrivait une ou deux fois par jour pour se rafraîchir la mémoire. Mollie refusait d'apprendre d'autres lettres que les six lettres de son propre nom. Elle les formait très proprement à partir de morceaux de brindilles, puis les décorait d'une ou deux fleurs et se promenait autour d'elles en les admirant.

Aucun des autres animaux de la ferme ne pouvait aller plus loin que la lettre A. On a également découvert que les animaux les plus stupides, tels que les moutons, les poules et les canards, étaient incapables d'apprendre les sept commandements par cœur. Après mûre réflexion, Boule de neige a déclaré que les sept commandements pouvaient en fait être réduits à une seule maxime, à savoir "Quatre pattes, c'est bien, deux pattes, c'est mal." Cette maxime, disait-il, contenait le principe essentiel de l'animalisme. Celui qui l'aurait bien saisi serait à l'abri des influences humaines. Les oiseaux s'y opposèrent d'abord, car il leur semblait qu'ils avaient aussi deux pattes, mais Boule de neige leur prouva qu'il n'en était rien.

"L'aile d'un oiseau, camarades", a-t-il dit, "est un organe de propulsion et non de manipulation. Elle doit donc être considérée comme une patte. La marque distinctive de l'homme est la MAIN, l'instrument avec lequel il fait tous ses méfaits".

Les oiseaux n'ont pas compris les longs mots de Snowball, mais ils ont accepté son explication, et tous les animaux plus humbles se sont mis au travail pour apprendre par cœur la nouvelle maxime. QUATRE JAMBES BONNES, DEUX JAMBES MAUVAISES, était inscrit sur le mur du fond de la grange, au-dessus des Sept Commandements et en plus grosses lettres. Lorsqu'ils l'avaient reçu par cœur, les moutons avaient développé un grand goût pour cette maxime, et souvent, lorsqu'ils se couchaient dans le champ, ils se mettaient tous à bêler "Quatre jambes bonnes, deux jambes mauvaises! Quatre pattes, c'est bien, deux pattes, c'est mal", et ils continuaient à bêler pendant des heures sans jamais s'en lasser.

Napoléon ne s'intéresse pas aux comités de Snowball. Il disait que l'éducation des jeunes était plus importante que tout ce qui pouvait être fait pour ceux qui étaient déjà grands. Il se trouve que Jessie et Bluebell ont tous deux mis bas peu après la récolte du foin, donnant naissance entre eux à neuf chiots robustes. Dès qu'ils furent sevrés, Napoléon les arracha à leur mère, en disant qu'il se chargerait de leur éducation. Il les emmena dans un grenier qui ne pouvait être atteint que par une échelle depuis la salle du harnais, et les maintint dans un tel isolement que le reste de la ferme oublia bientôt leur existence.

Le mystère de la destination du lait s'est vite dissipé. Il était mélangé tous les jours à la purée des porcs. Les premières pommes étaient maintenant en train de mûrir et l'herbe du verger était jonchée de chablis. Les animaux avaient bien sûr supposé que ces chutes seraient réparties de manière égale; un jour, cependant, l'ordre fut donné de ramasser toutes les chutes et de les apporter à la salle de traite pour que les porcs puissent les utiliser. À ce moment-là, d'autres animaux ont murmuré, mais cela n'a servi à rien. Tous les porcs étaient d'accord sur ce point, même Boule de neige et Napoléon. Squealer a été envoyé pour donner les explications nécessaires aux autres.

"Camarades!" s'est-il écrié. "Vous n'imaginez pas, je l'espère, que nous, les porcs, faisons cela dans un esprit d'égoïsme et de privilège? En fait, beaucoup d'entre nous n'aiment pas le lait et les pommes. Je les déteste moi-même. Notre seul but en prenant ces choses est de préserver notre santé. Le lait et les pommes (cela a été prouvé par la science, camarades) contiennent des substances absolument nécessaires au bien-être d'un porc. Nous, les porcs, nous sommes des intellectuels. Toute la gestion et l'organisation de cette ferme dépendent de nous. Jour et nuit, nous veillons à votre bien-être. C'est pour VOTRE bien que nous buvons ce lait et mangeons ces pommes. Savez-vous ce qui arriverait si nous, les porcs, manquions à notre devoir? Jones reviendrait! Oui, Jones reviendrait! Sûrement, camarades", s'écria Squealer presque en suppliant, sautant d'un côté à l'autre et fouettant de la queue, "sûrement, il n'y a personne parmi vous qui veut voir Jones revenir?

Maintenant, s'il y a une chose dont les animaux étaient tout à fait certains, c'est qu'ils ne voulaient pas que Jones revienne. Lorsqu'on leur a présenté la situation sous cet angle, ils n'avaient plus rien à dire. L'importance de maintenir les porcs en bonne santé n'était que trop évidente. Il a donc été convenu sans autre argument que le lait et les pommes d'aubaine (et aussi la récolte principale de pommes lorsqu'elles mûrissent) devaient être réservés aux seuls porcs.

CHAPITRE IV

À la fin de l'été, la nouvelle de ce qui s'était passé à Animal Farm s'était répandue dans la moitié du comté. Chaque jour, Boule de neige et Napoléon envoyaient des vols de pigeons dont les instructions étaient de se mêler aux animaux des fermes voisines, de leur raconter l'histoire de la rébellion et de leur apprendre l'air des "Bêtes d'Angleterre".

M. Jones avait passé la majeure partie de ce temps assis dans le salon de claquettes du Lion Rouge à Willingdon, à se plaindre à quiconque voulait bien l'écouter de la monstrueuse injustice qu'il avait subie en étant chassé de sa propriété par une meute d'animaux bons à rien. Les autres fermiers compatissaient en principe, mais ils ne lui ont pas apporté beaucoup d'aide au début. Au fond, chacun d'eux se demandait secrètement s'il ne pourrait pas, d'une manière ou d'une autre, tourner le malheur de Jones à son avantage. Heureusement, les propriétaires des deux fermes voisines de la Ferme des animaux étaient en mauvais termes en permanence. L'une d'entre elles, qui s'appelait Foxwood, était une grande ferme négligée, à l'ancienne, très envahie par la forêt, avec tous ses pâturages usés et ses haies dans un état lamentable. Son propriétaire, M. Pilkington, était un gentleman farmer facile à vivre qui passait la plupart de son temps à pêcher ou à chasser selon la saison. L'autre ferme, qui s'appelait Pinchfield, était plus petite et mieux entretenue. Son propriétaire était un certain M. Frederick, un homme dur et rusé, perpétuellement impliqué dans des poursuites judiciaires et dont le nom est synonyme de bonnes affaires. Ces deux hommes se détestaient tellement qu'il leur était difficile de parvenir à un accord, même pour défendre leurs propres intérêts.

Néanmoins, ils étaient tous deux très effrayés par la rébellion de la Ferme des animaux, et très soucieux d'empêcher leurs propres animaux d'en apprendre trop à ce sujet. Au début, ils ont fait semblant de rire pour mépriser l'idée que des animaux puissent gérer une ferme pour eux-mêmes. Tout cela serait terminé dans une quinzaine de jours, disaient-ils. Ils ont dit que les animaux du Manoir (ils ont insisté pour l'appeler Manoir Farm ; ils ne toléreraient pas le nom de "Ferme des animaux") se battaient perpétuellement entre eux et mouraient rapidement de faim. Lorsque le temps passa et que les animaux ne moururent manifestement pas de faim, Frederick et Pilkington changèrent de ton et commencèrent à parler de la terrible méchanceté qui sévissait désormais à la Ferme des animaux. Il était dit que les animaux y pratiquaient le cannibalisme, se torturaient les uns les autres avec des fers à cheval chauffés au rouge et avaient leurs femelles en commun. C'est ce qui est arrivé en se rebellant contre les lois de la nature, ont déclaré Frederick et Pilkington.

Cependant, ces histoires n'ont jamais été totalement crues. Les rumeurs d'une magnifique ferme, où les êtres humains avaient été mis à l'écart et où les animaux géraient leurs propres affaires, continuèrent à circuler sous des formes vagues et déformées, et tout au long de cette année-là, une vague de rébellion déferla sur la campagne. Des taureaux qui avaient toujours été tractables devinrent soudain sauvages, des moutons brisèrent des haies et dévorèrent le trèfle, des vaches renversèrent le seau, des chasseurs refusèrent leurs clôtures et abattirent leurs cavaliers de l'autre côté. Par-dessus tout, l'air et même les paroles de "Beasts of England" étaient connus de tous. Elle s'était répandue avec une rapidité étonnante. Les êtres humains ne pouvaient pas contenir leur rage lorsqu'ils entendirent cette chanson, même s'ils prétendaient la trouver simplement ridicule. Ils ne pouvaient pas comprendre, disaient-ils, comment même les animaux pouvaient se résoudre à chanter des bêtises aussi méprisables. Tout animal surpris à chanter était fouetté sur place. Et pourtant, le chant était irrépressible. Les merles le sifflaient dans les haies, les pigeons le roucoulaient dans les ormes, il se mêlait au vacarme des forges et à la mélodie des cloches de l'église. Et lorsque les êtres humains l'écoutaient, ils tremblaient secrètement, entendant en elle une prophétie de leur futur destin.

Début octobre, alors que le maïs était coupé et empilé et qu'une partie était déjà battue, une volée de pigeons est venue tourbillonner dans les airs et s'est posée dans la cour de la Ferme des animaux dans la plus grande excitation. Jones et tous ses hommes, avec une demi-douzaine d'autres de Foxwood et de Pinchfield, avaient franchi le portail à cinq barreaux et remontaient la piste de chariots qui menait à la ferme. Ils portaient tous des bâtons, sauf Jones, qui marchait devant avec un fusil à la main. Il est évident qu'ils allaient tenter de reprendre la ferme.

Cela était attendu depuis longtemps et tous les préparatifs avaient été faits. Snowball, qui avait étudié un vieux livre des campagnes de Jules César qu'il avait trouvé dans la ferme, était chargé des opérations défensives. Il donna rapidement ses ordres, et en quelques minutes, tous les animaux étaient à son poste.

Alors que les êtres humains s'approchaient des bâtiments de la ferme, Snowball a lancé sa première attaque. Tous les pigeons, au nombre de trente-cinq, volèrent en va-et-vient au-dessus de la tête des hommes et les assourdirent du milieu de l'air ; et pendant que les hommes s'occupaient de cela, les oies, qui s'étaient cachées derrière la haie, se précipitèrent dehors et picorèrent vicieusement les mollets de leurs pattes. Cependant, il ne s'agissait que d'une légère escarmouche, destinée à créer un peu de désordre, et les hommes chassèrent facilement les oies avec leurs bâtons. Boule de neige a alors lance sa deuxième ligne d'attaque. Muriel, Benjamin et tous les moutons, avec Boule de neige à leur tête, se précipitent en avant et poussent et frappent les hommes de tous les côtés, tandis que Benjamin se retourne et les frappe avec ses petits sabots. Mais une fois de plus, les hommes, avec leurs bâtons et leurs bottes cloutées, étaient trop forts pour eux ; et soudain, à un cri de Boule de neige, qui était le signal de la retraite, tous les animaux se retournèrent et s'enfuirent par le portail dans la cour.

Les hommes ont poussé un cri de triomphe. Ils ont vu, comme ils l'imaginaient, leurs ennemis en fuite, et ils se sont précipités à leur poursuite dans le désordre. C'était exactement ce que Snowball avait prévu. Dès qu'ils furent bien à l'intérieur de la cour, les trois chevaux, les trois vaches et le reste des cochons, qui étaient en embuscade dans l'étable, apparurent soudain à l'arrière, les coupant. Boule de neige a alors donné le signal de la charge. Lui-même se précipita directement sur Jones. Jones l'a vu arriver, a levé son arme et a tiré. Les balles ont laissé des traces sanglantes sur le dos de Snowball, et un mouton est tombé mort. Sans s'arrêter un instant, Boule de neige lança sa quinzaine de pierres contre les jambes de Jones. Jones fut projeté dans un tas de fumier et son fusil lui échappa des mains. Mais le spectacle le plus terrifiant de tous fut celui de Boxer, debout sur ses pattes arrière et frappant de ses grands sabots de fer comme un étalon. Son tout premier coup, il prit un cheval d'écurie de Foxwood sur le crâne et l'étira sans vie dans la boue. A la vue de ce dernier, plusieurs hommes lâchèrent leurs bâtons et essayèrent de s'enfuir. La panique les a envahis, et l'instant suivant, tous les animaux les poursuivaient ensemble dans la cour. Ils ont été encornés, frappés, mordus, piétinés. Il n'y avait pas un seul animal dans la ferme qui ne se vengeait pas à sa façon. Même le chat a soudainement sauté d'un toit sur les épaules d'un vacher et a enfoncé ses griffes dans son cou, sur lequel il a crié horriblement. Au moment où l'ouverture était dégagée, les hommes étaient assez heureux pour se précipiter hors de la cour et faire un boulon pour la route principale. Ainsi, cinq minutes après leur invasion, ils se sont retrouvés dans une retraite ignominieuse par le même chemin qu'ils étaient venus, avec une volée d'oies sifflant après eux et picorant leurs petits tout le long du chemin.

Tous les hommes étaient partis sauf un. De retour dans la cour, Boxer a donné un coup de sabot au palefrenier qui s'était couché face contre terre dans la boue, en essayant de le retourner. Le garçon n'a pas bougé.

"Il est mort", a déclaré Boxer avec tristesse. "Je n'avais pas l'intention de faire ça. J'ai oublié que je portais des chaussures en fer. Qui croira que je n'ai pas fait ça exprès?"

"Pas de sentimentalisme, camarade!" s'écria Boule de neige dont le sang coulait encore des blessures. "La guerre est la guerre. Le seul bon être humain est un être mort."

"Je n'ai aucun désir de prendre la vie, même pas la vie humaine", répétait Boxer, et ses yeux étaient pleins de larmes.

"Où est Mollie?" s'est exclamé quelqu'un.

En fait, Mollie avait disparu. Pendant un moment, l'alarme fut grande; on craignait que les hommes ne lui aient fait du mal d'une manière ou d'une autre, ou même qu'ils ne l'aient emportée avec eux. Mais finalement, elle a été retrouvée cachée dans son box, la tête enfouie dans le foin de la crèche. Elle avait pris la fuite dès que le coup de feu a retenti. Et quand les autres sont revenus de la chercher, c'était pour constater que le palefrenier, qui n'était en fait qu'étourdi, s'était déjà remis et avait pris la fuite.

Les animaux s'étaient maintenant rassemblés dans la plus grande excitation, chacun racontant à haute voix ses propres exploits dans la bataille. Une célébration impromptue de la victoire a immédiatement eu lieu. Le drapeau est hissé et "Beasts of England" est chanté plusieurs fois, puis les moutons qui ont été tués reçoivent des funérailles solennelles, un buisson d'aubépine étant planté sur sa tombe. Au bord de la tombe, Boule de neige a fait un petit discours, soulignant la nécessité pour tous les animaux d'être prêts à mourir pour la Ferme des animaux si nécessaire.

Les animaux ont décidé à l'unanimité de créer une décoration militaire, "Héros des animaux, première classe", qui a été décernée à cet endroit, puis à Snowball et Boxer. Il s'agit d'une médaille en laiton (il s'agit en fait de vieux crins de cheval trouvés dans la sellerie), à porter le dimanche et les jours fériés. Il y avait aussi "Animal Hero, Second Class", qui était décernée à titre posthume aux moutons morts.

Il y a eu beaucoup de discussions sur le nom de la bataille. Finalement, elle a été appelée la Bataille de l'étable, puisque c'est là que l'embuscade avait été tendue. L'arme de M. Jones avait été retrouvée dans la boue, et on savait qu'il y avait une réserve de cartouches dans la ferme. Il fut décidé de placer le canon au pied de la hampe du drapeau, comme une pièce d'artillerie, et de le faire tirer deux fois par an, une fois le 12 Octobre, jour anniversaire de la bataille de l'étable, et une fois le jour de la Saint-Jean, jour anniversaire de la rébellion.

CHAPITRE V

L'hiver approchant, Mollie devient de plus en plus gênante. Elle était en retard au travail tous les matins et s'excusait en disant qu'elle avait trop dormi, et elle se plaignait de douleurs mystérieuses, bien que son appétit soit excellent. Sous toutes sortes de prétextes, elle s'enfuyait du travail et se rendait à la piscine, où elle se tenait bêtement pour contempler son propre reflet dans l'eau. Mais il y avait aussi des rumeurs sur quelque chose de plus grave. Un jour, alors que Mollie se promenait allègrement dans la cour, en flirtant avec sa longue queue et en mâchant une tige de foin, Clover la prit à part.

"Mollie," dit-elle, "j'ai quelque chose de très sérieux à te dire. Ce matin, je t'ai vu regarder par-dessus la haie qui sépare la Ferme des animaux de Foxwood. Un des hommes de M. Pilkington se tenait de l'autre côté de la haie. Et - j'étais très loin, mais je suis presque certain d'avoir vu ça - il vous parlait et vous lui permettiez de vous caresser le nez. Qu'est-ce que ça veut dire, Mollie?"

"Il ne l'a pas fait! Je ne l'étais pas! Ce n'est pas vrai! s'écrie Mollie, qui commence à se pavaner et à taper du pied.

"Mollie! Regarde-moi en face. Me donnes-tu ta parole d'honneur que cet homme ne te caressait pas le nez?"

"Ce n'est pas vrai", répète Mollie, mais elle ne peut pas regarder Clover en face, et l'instant d'après, elle se met à talonner et s'éloigne au galop dans le champ.

Une pensée a frappé Clover. Sans rien dire aux autres, elle se rendit à l'étal de Mollie et retourna la paille avec son sabot. Sous la paille se cachait un petit tas de sucre en morceaux et plusieurs bouquets de rubans de différentes couleurs.

Trois jours plus tard, Mollie a disparu. Pendant quelques semaines, on ne savait pas où elle se trouvait, puis les pigeons ont signalé qu'ils l'avaient vue de l'autre côté de Willingdon. Elle se trouvait entre les arbres d'une charrette à chiens intelligente peinte en rouge et noir, qui se tenait devant une maison publique. Un gros homme rouge en culotte à carreaux et guêtres, qui ressemblait à un publicain, lui caressait le nez et la nourrissait avec du sucre. Son manteau venait d'être coupé et elle portait un ruban écarlate autour de son front. Elle avait l'air de s'amuser, disaient les pigeons. Aucun des animaux ne mentionna plus jamais Mollie.

En janvier, le temps a été très dur. La terre était comme du fer, et on ne pouvait rien faire dans les champs. De nombreuses réunions ont eu lieu dans la grande grange, et les porcs se sont occupés à planifier le travail de la saison suivante. Il était désormais admis que les porcs, qui étaient manifestement plus intelligents que les autres animaux, devaient décider de toutes les questions de politique agricole, même si leurs décisions devaient être ratifiées à la majorité. Cet arrangement aurait suffisamment bien fonctionné s'il n'y avait pas eu les différends entre Snowball et Napoléon. Ces deux derniers étaient en désaccord sur tous les points où un désaccord était possible. Si l'un d'entre eux suggérait de semer une plus grande superficie d'orge, l'autre était certain de demander une plus grande superficie d'avoine, et si l'un d'entre eux disait que tel ou tel champ convenait parfaitement aux choux, l'autre déclarait qu'il était inutile pour tout ce qui n'était pas des racines. Chacun avait ses propres partisans, et il y a eu de violents débats. Lors des réunions, Snowball gagnait souvent la majorité grâce à ses brillants discours, mais Napoléon était meilleur pour se trouver des appuis dans l'intervalle. Il réussit particulièrement bien avec les moutons. Ces derniers temps, les moutons se sont mis à bêler "quatre pattes en bien, deux en mal", en saison et hors saison, et ils interrompaient souvent la réunion avec cela. On a remarqué qu'ils étaient particulièrement susceptibles de se mettre à bêler dans "Quatre pattes bien, deux pattes mal" à des moments cruciaux des discours de Snowball. Snowball avait étudié de près certains numéros de dos du "fermier et éleveur" qu'il avait trouvés dans la ferme, et était plein de plans d'innovations et d'améliorations. Il a parlé avec beaucoup d'érudition des drains de champs, de l'ensilage et des scories de base, et a élaboré un système complexe permettant à tous les animaux de déposer leurs excréments directement dans les champs, à un endroit différent chaque jour, afin d'économiser le travail de transport. Napoléon n'a pas élaboré de plan de son cru, mais il a dit tranquillement que celui de Snowball n'aboutirait à rien, et il semblait attendre son heure. Mais de toutes leurs controverses, aucune n'était aussi amère que celle qui a eu lieu au sujet du moulin à vent.

Dans le long pâturage, non loin des bâtiments de la ferme, il y avait un petit monticule qui était le point le plus élevé de la ferme. Après avoir arpenté le terrain, Snowball a déclaré que c'était juste l'endroit où se trouvait un moulin à vent, qui pouvait être utilisé pour faire fonctionner une dynamo et alimenter la ferme en électricité. Cela permettrait d'éclairer les stalles et de les réchauffer en hiver, mais aussi de faire fonctionner une scie circulaire, un coupe-paillettes, un coupe-mangue et une machine à traire électrique. Les animaux n'avaient jamais entendu parler de ce genre de choses auparavant (car la ferme était très ancienne et ne disposait que des machines les plus primitives), et ils écoutaient avec étonnement tandis que Snowball leur évoquait des images de machines fantastiques qui feraient leur travail à leur place pendant qu'ils paissaient à leur aise dans les champs ou amélioraient leur esprit par la lecture et la conversation.

En quelques semaines, les plans de Snowball pour le moulin à vent ont été entièrement mis au point. Les détails mécaniques provenaient principalement de trois livres ayant appartenu à M. Jones: "Mille choses utiles à faire à propos de la maison", "Chaque homme son maçon" et "L'électricité pour les débutants". Snowball utilisait comme bureau un hangar qui avait servi autrefois de couveuse et dont le sol en bois était lisse et permettait de dessiner. Il y était enfermé pendant des heures. Avec ses livres tenus ouverts par une pierre et un morceau de craie entre les articulations de son trotteur, il se déplaçait rapidement, dessinant ligne après ligne et émettant de petits gémissements d'excitation. Peu à peu, les plans se sont transformés en une masse compliquée de manivelles et de roues dentées, couvrant plus de la moitié du sol, que les autres animaux trouvaient complètement inintelligibles mais très impressionnants. Tous venaient regarder les dessins de Snowball au moins une fois par jour. Même les poules et les canards venaient, et avaient du mal à ne pas marcher sur les marques de craie. Seul Napoléon se tenait à l'écart. Il s'était déclaré contre le moulin à vent dès le début. Un jour, cependant, il arriva à l'improviste pour examiner les plans. Il fit le tour de la remise, regarda attentivement chaque détail des plans et les prit une ou deux fois, puis se tint debout pendant un moment pour les contempler du coin de l'œil; puis soudain, il leva la jambe, urina sur les plans et sortit sans dire un mot.

Toute la ferme était profondément divisée sur le sujet du moulin à vent. Snowball ne nie pas que sa construction sera une entreprise difficile. Il faudrait transporter de la pierre et la construire en murs, puis fabriquer les voiles et ensuite, il faudrait des dynamos et des câbles. (Snowball n'a pas dit comment les obtenir.) Mais il a soutenu que tout cela pouvait être fait en un an. Et par la suite, a-t-il déclaré, on économiserait tellement de travail que les animaux n'auraient besoin de travailler que trois jours par semaine. Napoléon, en revanche, soutenait que le grand besoin du moment était d'augmenter la production alimentaire, et que s'ils perdaient du temps sur le moulin à vent, ils mourraient tous de faim. Les animaux se formèrent en deux factions sous le slogan "Votez pour Boule de neige et la semaine de trois jours" et "Votez pour Napoléon et la crèche pleine". Benjamin était le seul animal qui ne se rangeait du côté d'aucune des deux factions. Il refusait de croire que la nourriture deviendrait plus abondante ou que le moulin à vent sauverait du travail. Moulin à vent ou pas, disait-il, la vie continuerait comme elle l'avait toujours fait, c'est-à-dire mal.

Outre les litiges concernant le moulin à vent, il y avait la question de la défense de la ferme. On se rendait bien compte que bien que les êtres humains aient été vaincus dans la bataille de l'étable, ils pourraient faire une autre tentative plus déterminée pour reprendre la ferme et réintégrer M. Jones. Ils avaient d'autant plus de raisons de le faire que la nouvelle de leur défaite s'était répandue dans toute la campagne et avait rendu les animaux des fermes voisines plus réticents que jamais. Comme d'habitude, Boule de neige et Napoléon étaient en désaccord. Selon Napoléon, les animaux doivent se procurer des armes à feu et s'entraîner à les utiliser. Selon Boule de neige, ils doivent envoyer de plus en plus de pigeons et susciter la rébellion des animaux dans les autres fermes. L'un a fait valoir que s'ils ne pouvaient pas se défendre, ils seraient forcément conquis, l'autre a fait valoir que si des rébellions se produisaient partout, ils n'auraient pas besoin de se défendre. Les animaux ont d'abord écouté Napoléon, puis Boule de neige, et n'ont pas pu se décider sur ce qui était juste; en effet, ils se sont toujours trouvés en accord avec celui qui parlait à ce moment-là.

Enfin, le jour est venu où les plans de Snowball ont été réalisés. Lors de la réunion du dimanche suivant, la question de savoir s'il fallait ou non commencer les travaux sur le moulin à vent devait être soumise au vote. Une fois les animaux rassemblés dans la grande étable, Snowball se leva et, bien que parfois interrompu par les bêlements des moutons, exposa ses raisons pour préconiser la construction du moulin à vent. Puis Napoléon se leva pour répondre. Il dit très calmement que le moulin à vent n'avait pas de sens et qu'il ne conseillait à personne de voter pour lui, puis il se rassit aussitôt ; il avait parlé pendant à peine trente secondes et semblait presque indifférent à l'effet qu'il produisait. À ce moment, Boule de neige se leva et, en criant, les moutons qui avaient recommencé à bêler se mirent à lancer un appel passionné en faveur du moulin à vent. Jusqu'à présent, les animaux étaient à peu près également divisés dans leurs sympathies, mais en un instant, l'éloquence de Boule de neige les avait emportés. En des phrases lumineuses, il a brossé un tableau de la ferme des animaux telle qu'elle pourrait être lorsque le travail sordide est enlevé du dos des animaux. Son imagination avait désormais dépassé de loin les coupe-paillettes et les coupe-navets. L'électricité, disait-il, pouvait faire fonctionner les batteuses, les charrues, les herses, les rouleaux, les moissonneuses et les lieuses, en plus d'alimenter chaque étable avec sa propre lumière électrique, de l'eau chaude et froide, et un chauffage électrique. Lorsqu'il a fini de parler, il n'y avait aucun doute quant à la direction que prendrait le vote. Mais à ce moment précis, Napoléon se leva et, jetant un regard particulier sur Boule de neige, il poussa un gémissement aigu que personne ne l'avait jamais entendu prononcer auparavant.

A ce moment-là, un terrible bruit de baying retentit à l'extérieur, et neuf énormes chiens portant des colliers de laiton se précipitent dans la grange. Ils se précipitèrent directement sur Snowball, qui ne sortit de chez lui que juste à temps pour échapper à leurs mâchoires cassantes. En un instant, il est sorti de la porte et ils l'ont poursuivi. Trop étonnés et effrayés pour parler, tous les animaux se sont entassés à la porte pour regarder la poursuite. Boule de neige courait à travers le long pâturage qui menait à la route. Il courait comme seul un cochon peut courir, mais les chiens étaient proches de ses talons. Soudain, il a glissé et il semblait certain qu'ils le tenaient. Puis il s'est relevé et a couru plus vite que jamais, puis les chiens ont recommencé à le rattraper. L'un d'entre eux a presque fermé ses mâchoires sur la queue de Snowball, mais Snowball l'a libérée juste à temps. Puis il a fait une poussée supplémentaire et, avec quelques centimètres d'avance, il a glissé à travers un trou dans la haie et on ne l'a plus vu.

Silencieux et terrifiés, les animaux se sont repliés dans la grange. En un instant, les chiens sont revenus en bondissant. Au début, personne n'avait pu imaginer d'où venaient ces créatures, mais le problème fut vite résolu: il s'agissait des chiots que Napoléon avait enlevés à leur mère et élevés en privé. Bien qu'ils n'aient pas encore atteint leur taille adulte, c'étaient d'énormes chiens, aussi féroces que des loups. Ils étaient proches de Napoléon. On remarqua qu'ils lui remuaient la queue de la même manière que les autres chiens avaient l'habitude de le faire pour M. Jones.

Napoléon, avec les chiens qui le suivaient, est maintenant monté sur la partie surélevée du sol où Major s'était précédemment tenu pour prononcer son discours. Il annonça que désormais les réunions du dimanche matin prendraient fin. Elles sont inutiles, dit-il, et c'est une perte de temps. À l'avenir, toutes les questions relatives au fonctionnement de la ferme seront réglées par un comité spécial de porcs, présidé par lui-même. Ceux-ci se réuniront en privé et communiqueront ensuite leurs décisions aux autres. Les animaux se réuniront encore le dimanche matin pour saluer le drapeau, chanter "Beasts of England" et recevoir leurs ordres pour la semaine, mais il n'y aura plus de débats.

Malgré le choc que l'expulsion de Snowball leur a causé, les animaux ont été consternés par cette annonce. Plusieurs d'entre eux auraient protesté s'ils avaient pu trouver les bons arguments. Même Boxer était vaguement troublé. Il se bouche les oreilles, secoue plusieurs fois le museau et s'efforce de rassembler ses idées, mais finalement il ne trouve rien à dire. Certains des porcs eux-mêmes, cependant, étaient plus éloquents. Quatre jeunes porcs au premier rang ont poussé des cris stridents de désapprobation, et tous les quatre se sont levés d'un bond et ont commencé à parler en même temps. Mais soudain, les chiens assis autour de Napoléon ont émis des grognements profonds et menaçants, et les porcs se sont tus et se sont assis à nouveau. Puis les moutons ont commencé à bêler à gorge déployée, avec le slogan "Quatre pattes, c'est bien, deux pattes, c'est mal", ce qui a duré près d'un quart d'heure et a mis fin à toute possibilité de discussion.

Ensuite, Squealer a été envoyé dans la ferme pour expliquer le nouvel arrangement aux autres. "Camarades, dit-il, j'espère que chaque animal ici apprécie le sacrifice que le camarade Napoléon a fait en prenant sur lui ce travail supplémentaire. N'imaginez pas, camarades, que le leadership est un plaisir! Au contraire, c'est une responsabilité profonde et lourde. Personne ne croit plus fermement que le camarade Napoléon que tous les animaux sont égaux. Il ne serait que trop heureux de vous laisser prendre vos propres décisions. Mais il arrive parfois que vous preniez de mauvaises décisions, camarades, et alors où devrions-nous être? Supposons que vous ayez décidé de suivre Boule de neige, avec son souffle de lune de moulins à vent - Boule de neige, qui, comme nous le savons maintenant, n'était pas mieux qu'un criminel?

"Il s'est battu courageusement à la bataille de l'étable", a déclaré quelqu'un.

"La bravoure ne suffit pas", a déclaré M. Squealer. "La loyauté et l'obéissance sont plus importantes. Et quant à la bataille de l'étable, je crois que le temps viendra où nous constaterons que le rôle de Boule de neige dans cette bataille a été beaucoup exagéré. Discipline, camarades, une discipline de fer! Tel est le mot d'ordre pour aujourd'hui. Un faux pas, et nos ennemis seront sur nous. Certainement, camarades, vous ne voulez pas que Jones revienne?"

Une fois de plus, cet argument est resté sans réponse. Il est certain que les animaux ne voulaient pas que Jones revienne; si la tenue de débats le dimanche matin était susceptible de le ramener, alors les débats doivent cesser. Boxer, qui a maintenant eu le temps de réfléchir, exprime le sentiment général en disant "Si le camarade Napoléon le dit, c'est qu'il doit avoir raison." Et dès lors, il adopte la maxime "Napoléon a toujours raison", en plus de sa devise privée "Je travaillerai plus dur".

À ce moment-là, le temps s'était arrêté et les labours de printemps avaient commencé. Le hangar où Snowball avait dessiné ses plans du moulin à vent avait été fermé et on supposait que les plans avaient été frottés sur le sol. Chaque dimanche matin à dix heures, les animaux se rassemblaient dans la grande grange pour recevoir leurs commandes pour la semaine. Le crâne du vieux Major, désormais débarrassé de sa chair, avait été déterré du verger et installé sur une souche au pied de la hampe du drapeau, à côté du canon. Après le hissage du drapeau, les animaux devaient passer devant le crâne avec respect avant d'entrer dans la grange. Aujourd'hui, ils ne s'assoient plus tous ensemble comme autrefois. Napoléon, avec Squealer et un autre cochon nommé Minimus, qui avait un don remarquable pour composer des chansons et des poèmes, s'est assis sur le devant de la plate-forme surélevée, les neuf jeunes chiens formant un demi-cercle autour d'eux, et les autres cochons étant assis derrière. Les autres animaux étaient assis en face d'eux dans le corps principal de la grange. Napoléon a lu les ordres pour la semaine dans un style militaire bourru, et après un seul chant de "Beasts of England", tous les animaux se sont dispersés.

Le troisième dimanche après l'expulsion de Boule de neige, les animaux ont été quelque peu surpris d'entendre Napoléon annoncer que le moulin à vent allait finalement être construit. Il n'a pas donné de raison pour avoir changé d'avis, mais a simplement averti les animaux que cette tâche supplémentaire impliquerait un travail très dur, il pourrait même être nécessaire de réduire leurs rations. Mais les plans avaient tous été préparés, jusque dans les moindres détails. Un comité spécial de porcs a travaillé sur ces plans au cours des trois dernières semaines. La construction du moulin à vent, avec diverses autres améliorations, devait prendre deux ans.

Ce soir-là, Squealer expliqua en privé aux autres animaux que Napoléon ne s'était jamais opposé au moulin à vent en réalité. Au contraire, c'était lui qui l'avait préconisé au départ, et le plan que Boule de neige avait dessiné sur le sol de la couveuse avait en fait été volé parmi les papiers de Napoléon. Le moulin à vent était en fait une création de Napoléon lui-même. Pourquoi, alors, demandait-on à quelqu'un, s'était-il prononcé si fortement contre? Ici, Squealer avait l'air très malin. C'était, dit-il, la ruse du camarade Napoléon. Il avait SEMENCÉ de s'opposer au moulin à vent, simplement comme une manœuvre pour se débarrasser de Boule de neige, qui était un personnage dangereux et une mauvaise influence. Maintenant que Boule de neige était hors de portée, le plan pouvait se poursuivre sans son intervention. Ceci, dit Squealer, était quelque chose que l'on appelle une tactique. Il a répété plusieurs fois "Tactique, camarades, tactique!" en sautant et en fouettant sa queue d'un rire joyeux. Les animaux n'étaient pas certains de la signification de ce mot, mais Squealer parlait de manière si persuasive, et les trois chiens qui se trouvaient avec lui grognaient de manière si menaçante, qu'ils acceptaient son explication sans poser d'autres questions.

CHAPITRE VI

Toute cette année-là, les animaux ont travaillé comme des esclaves. Mais ils étaient heureux dans leur travail; ils ne se plaignaient d'aucun effort ou sacrifice, bien conscients que tout ce qu'ils faisaient était pour leur propre bénéfice et celui des personnes de leur espèce qui viendraient après eux, et non pour une bande d'êtres humains oisifs et voleurs.

Au printemps et en été, ils travaillent soixante heures par semaine et, en août, Napoléon annonce qu'il y aura du travail le dimanche après-midi également. Ce travail était strictement volontaire, mais tout animal qui s'en abstiendrait verrait ses rations réduites de moitié. Malgré cela, il s'avère nécessaire de laisser certaines tâches en suspens. La récolte fut un peu moins bonne que l'année précédente et deux champs qui auraient dû être ensemencés au début de l'été ne le furent pas, car le labour n'avait pas été achevé assez tôt. Il était possible de prévoir que l'hiver à venir serait difficile.

Le moulin à vent présentait des difficultés inattendues. Il y avait une bonne carrière de calcaire sur la ferme, et on avait trouvé beaucoup de sable et de ciment dans l'une des dépendances, de sorte que tous les matériaux de construction étaient à portée de main. Mais le problème que les animaux ne pouvaient pas résoudre au début était de savoir comment casser la pierre en morceaux de taille appropriée. Il semblait impossible de le faire, sauf avec des pics et des barres à mine, qu'aucun animal ne pouvait utiliser, car aucun animal ne pouvait se tenir sur ses pattes arrière. Ce n'est qu'après des semaines d'efforts vains que l'idée d'utiliser la force de gravité est apparue. D'énormes rochers, bien trop gros pour être utilisés tels quels, gisaient partout dans le lit de la carrière. Les animaux les entouraient de cordes, puis, tous ensemble, les vaches, les chevaux, les moutons, tous les animaux qui pouvaient tenir la corde - même les cochons, parfois, les rejoignaient aux moments critiques - les traînaient avec une lenteur désespérée sur la pente jusqu'au sommet de la carrière, où ils étaient renversés par-dessus le bord, pour se briser en morceaux en dessous. Le transport de la pierre une fois brisée était relativement simple. Les chevaux l'emportaient en chariots, les moutons traînaient des blocs individuels, même Muriel et Benjamin s'attelaient à un vieux chariot de la gouvernante et faisaient leur part. À la fin de l'été, un stock suffisant de pierres s'était accumulé, puis la construction a commencé, sous la surveillance des porcs.

Mais ce fut un processus lent et laborieux. Il fallait souvent une journée entière d'efforts épuisants pour traîner un seul rocher jusqu'au sommet de la carrière, et parfois, lorsqu'il était poussé par-dessus le bord, il ne se brisait pas. Rien n'aurait pu être réalisé sans Boxer, dont la force semblait égale à celle de tous les autres animaux réunis. Lorsque le rocher commençait à glisser et que les animaux criaient de désespoir en se retrouvant traînés en bas de la colline, c'était toujours Boxer qui s'efforçait de s'agripper à la corde et qui arrêtait le rocher. Le voir gravir la pente centimètre par centimètre, son souffle rapide, la pointe de ses sabots qui s'agrippent au sol et ses grands côtés couverts de sueur, remplissait tout le monde d'admiration. Clover l'avertissait parfois de faire attention à ne pas se surmener, mais Boxer ne l'écoutait jamais. Ses deux slogans, "Je vais travailler plus dur" et "Napoléon a toujours raison", lui semblaient une réponse suffisante à tous les problèmes. Il s'était arrangé avec le coq pour l'appeler trois quarts d'heure plus tôt le matin au lieu d'une demi-heure. Et dans ses moments libres, peu nombreux de nos jours, il se rendait seul à la carrière, ramassait un chargement de pierres cassées et le traînait sans aide jusqu'au site du moulin.

Les animaux n'ont pas été malmenés tout au long de cet été, malgré la dureté de leur travail. S'ils n'avaient pas plus de nourriture qu'à l'époque de Jones, au moins ils n'en avaient pas moins. L'avantage de n'avoir à se nourrir qu'eux-mêmes, et de ne pas avoir à supporter cinq êtres humains extravagants également, était si grand qu'il aurait fallu beaucoup d'échecs pour le compenser. Et à bien des égards, la méthode animale était plus efficace et permettait d'économiser du travail. Des travaux tels que le désherbage, par exemple, pouvaient être effectués avec une minutie impossible pour les êtres humains. De plus, comme aucun animal ne vole plus, il n'est plus nécessaire de clôturer les pâturages des terres arables, ce qui permet d'économiser beaucoup de travail pour l'entretien des haies et des portails. Néanmoins, à mesure que l'été avançait, diverses pénuries imprévues ont commencé à se faire sentir. Il fallait de l'huile de paraffine, des clous, de la ficelle, des biscuits pour chiens et du fer pour les fers à cheval, dont aucun ne pouvait être produit sur la ferme. Plus tard, il faudra aussi des semences et du fumier artificiel, ainsi que divers outils et, enfin, les machines pour le moulin à vent. Personne n'a pu imaginer comment on allait se les procurer.

Un dimanche matin, lorsque les animaux se sont rassemblés pour recevoir leurs ordres, Napoléon a annoncé qu'il avait décidé d'une nouvelle politique. Désormais, la Ferme des animaux fera du commerce avec les fermes voisines: non pas, bien sûr, à des fins commerciales, mais simplement pour obtenir certains matériaux dont on a un besoin urgent. Les besoins du moulin à vent doivent primer sur tout le reste, a-t-il dit. Il s'est donc arrangé pour vendre une botte de foin et une partie de la récolte de blé de l'année en cours, et plus tard, s'il fallait plus d'argent, il faudrait le compenser par la vente d'œufs, pour lesquels il y avait toujours un marché à Willingdon. Les poules, disait Napoléon, devraient accueillir ce sacrifice comme leur propre contribution spéciale à la construction du moulin à vent.

Une fois de plus, les animaux étaient conscients d'un vague malaise. Ne jamais avoir de relations avec les êtres humains, ne jamais faire de commerce, ne jamais utiliser d'argent - n'est-ce pas là l'une des premières résolutions adoptées lors de cette première réunion triomphale après l'expulsion de Jones? Tous les animaux se souvenaient d'avoir adopté de telles résolutions: ou du moins, ils pensaient s'en souvenir. Les quatre jeunes porcs qui avaient protesté lorsque Napoléon avait aboli les Rencontres ont timidement élevé la voix, mais ils ont été rapidement réduits au silence par un énorme grognement des chiens. Puis, comme d'habitude, les moutons se sont brisés en "Quatre pattes, c'est bien, deux pattes, c'est mal" et la gêne momentanée a été apaisée. Finalement, Napoléon éleva son trotteur pour le silence et annonça qu'il avait déjà pris toutes les dispositions nécessaires. Aucun des animaux n'aurait besoin d'entrer en contact avec des êtres humains, ce qui serait clairement très indésirable. Il avait l'intention de prendre tout le fardeau sur ses propres épaules. Un certain M. Whymper, un avocat vivant à Willingdon, avait accepté de servir d'intermédiaire entre la Ferme des animaux et le monde extérieur, et se rendrait à la ferme tous les lundis matin pour recevoir ses instructions. Napoléon termina son discours par son cri habituel "Vive la ferme des animaux!" et après le chant des "Bêtes d'Angleterre", les animaux furent renvoyés.

Ensuite, Squealer a fait le tour de la ferme et a rassuré les animaux. Il leur a assuré que la résolution contre le commerce et l'utilisation de l'argent n'avait jamais été adoptée, ni même suggérée. C'était de l'imagination pure, probablement liée au début aux mensonges diffusés par Boule de neige. Quelques animaux se sentaient encore un peu douteux, mais Squealer leur demanda avec perspicacité: "Etes-vous certains que ce n'est pas quelque chose dont vous avez rêvé, camarades? Avez-vous une trace d'une telle résolution? Est-ce que c'est écrit quelque part?" Et comme il était certainement vrai que rien de ce genre n'existait par écrit, les animaux furent convaincus qu'ils s'étaient trompés.

Chaque lundi, M. Whymper a visité la ferme comme prévu. C'était un petit homme sournois avec des moustaches latérales, un avocat dans une toute petite entreprise, mais assez malin pour avoir compris plus tôt que quiconque que la Ferme des animaux aurait besoin d'un courtier et que les commissions en vaudraient la peine. Les animaux le regardaient aller et venir avec une sorte de crainte, et l'évitaient autant que possible. Néanmoins, la vue de Napoléon, à quatre pattes, livrant des commandes à Whymper, qui se tenait sur deux jambes, réveilla leur fierté et les réconcilia en partie avec le nouvel arrangement. Leurs relations avec le genre humain n'étaient plus tout à fait les mêmes qu'auparavant. Les êtres humains ne détestent pas moins la Ferme des animaux maintenant qu'elle est prospère; en fait, ils la détestent plus que jamais. Chaque être humain considérait comme un article de foi le fait que la ferme ferait tôt ou tard faillite et, surtout, que le moulin à vent serait un échec. Ils se réunissaient dans les maisons publiques et se prouvaient les uns aux autres, à l'aide de diagrammes, que le moulin à vent allait forcément tomber ou, s'il se relevait, qu'il ne fonctionnerait jamais. Et pourtant, contre leur gré, ils avaient développé un certain respect pour l'efficacité avec laquelle les animaux géraient leurs propres affaires. Un symptôme de cette situation était qu'ils avaient commencé à appeler la Ferme des animaux par son nom propre et avaient cessé de prétendre qu'elle s'appelait la Ferme du Manoir. Ils avaient également abandonné leur championnat de Jones, qui avait abandonné tout espoir de récupérer sa ferme et était parti vivre dans une autre partie du comté. À l'exception de Whymper, il n'y avait encore aucun contact entre la Ferme des animaux et le monde extérieur, mais des rumeurs constantes disaient que Napoléon était sur le point de conclure un accord commercial définitif soit avec M. Pilkington de Foxwood, soit avec M. Frederick de Pinchfield-mais jamais, remarquait-on, avec les deux simultanément.

C'est à peu près à cette époque que les porcs ont soudainement emménagé dans la ferme et y ont élu domicile. Une fois de plus, les animaux semblaient se souvenir qu'une résolution contre cela avait été adoptée dans les premiers jours, et une fois de plus, Squealer a pu les convaincre que ce n'était pas le cas. Il était absolument nécessaire, disait-il, que les porcs, qui étaient le cerveau de la ferme, aient un endroit tranquille pour travailler. Il était également plus conforme à la dignité du Leader (car il avait récemment commencé à parler de Napoléon sous le titre de "Leader") de vivre dans une maison que dans un simple orgelet. Néanmoins, certains des animaux ont été dérangés lorsqu'ils ont entendu que les porcs non seulement prenaient leurs repas dans la cuisine et utilisaient le salon comme pièce de détente, mais qu'ils dormaient aussi dans les lits. Boxer a fait passer le message comme d'habitude avec "Napoléon a toujours raison", mais Clover, qui pensait se souvenir d'une décision définitive contre les lits, s'est rendue au bout de la grange et a essayé de comprendre les sept commandements qui y étaient inscrits. Ne pouvant lire que des lettres individuelles, elle alla chercher Muriel.

"Muriel", dit-elle, "lis-moi le quatrième commandement. Ne dit-il pas quelque chose sur le fait de ne jamais dormir dans un lit?"

Muriel a eu du mal à l'expliquer.

"Il est dit qu'aucun animal ne doit dormir dans un lit avec des draps", a-t-elle finalement annoncé.

Curieusement, Clover ne s'était pas souvenu que le quatrième commandement mentionnait les feuilles; mais comme il était là, sur le mur, il a dû le faire. Et Squealer, qui passait à ce moment-là, accompagné de deux ou trois chiens, a pu mettre toute l'affaire en perspective.

"Vous avez entendu dire, camarades, que nous, les porcs, dormons maintenant dans les lits de la

ferme? Et pourquoi pas? Vous ne pensiez pas, sûrement, qu'il y ait jamais eu une décision contre les lits? Un lit signifie simplement un endroit pour dormir. Un tas de paille dans une étable est un lit, à proprement parler. La règle était contre les draps, qui sont une invention humaine. Nous avons retiré les draps des lits de ferme, et nous dormons entre les couvertures. Et ce sont aussi des lits très confortables! Mais pas plus confortables que ce dont nous avons besoin, je peux vous le dire, camarades, avec tout le travail de réflexion que nous devons faire aujourd'hui. Vous ne nous priveriez pas de notre repos, n'est-ce pas, camarades? Vous ne nous auriez pas trop fatigués pour accomplir nos tâches? Aucun d'entre vous ne souhaite voir Jones revenir?"

Les animaux l'ont immédiatement rassuré sur ce point, et on n'a plus parlé des cochons qui dorment dans les lits de la ferme. Et lorsque, quelques jours plus tard, il a été annoncé que les porcs se lèveraient désormais une heure plus tard que les autres animaux, aucune plainte n'a été formulée à ce sujet non plus.

À l'automne, les animaux étaient fatigués mais heureux. Ils avaient eu une année difficile, et après la vente d'une partie du foin et du maïs, les réserves de nourriture pour l'hiver n'étaient pas très abondantes, mais le moulin à vent compensait tout. Il était maintenant presque à moitié construit. Après la récolte, il y eut une période de temps sec et clair, et les animaux travaillèrent plus dur que jamais, pensant que cela valait la peine de faire des allers et retours toute la journée avec des blocs de pierre si, ce faisant, ils pouvaient soulever les murs d'un mètre. Boxer sortait même la nuit et travaillait pendant une heure ou deux tout seul à la lumière de la lune des moissons. Dans leurs moments libres, les animaux faisaient le tour du moulin à demi terminé, admirant la force et la perpendicularité de ses murs et s'émerveillant de pouvoir construire quelque chose d'aussi imposant. Seul le vieux Benjamin refusait de s'enthousiasmer pour le moulin à vent, même si, comme d'habitude, il ne disait rien d'autre que la remarque énigmatique selon laquelle les ânes vivent longtemps.

Le mois de novembre est arrivé, avec des vents violents du sud-ouest. La construction a dû s'arrêter parce qu'il était maintenant trop humide pour mélanger le ciment. Finalement, une nuit, le coup de vent a été si violent que les bâtiments de la ferme ont basculé sur leurs fondations et que plusieurs tuiles ont été arrachées du toit de la grange. Les poules se sont réveillées en poussant des cris de terreur car elles avaient toutes rêvé en même temps d'entendre un coup de feu au loin. Le matin, les animaux sont sortis de leurs stalles pour découvrir que la hampe du drapeau avait été abattue et qu'un orme au pied du verger avait été arraché comme un radis. Ils venaient de s'en rendre compte lorsqu'un cri de désespoir s'est échappé de la gorge de chaque animal. Un spectacle terrible s'était présenté à leurs yeux. Le moulin à vent était en ruine.

D'un commun accord, ils se sont précipités sur place. Napoléon, qui ne sortait que rarement d'une promenade, les devançait tous. Oui, il était là, le fruit de toutes leurs luttes, aplani jusqu'à ses fondations, les pierres qu'ils avaient brisées et transportées si laborieusement éparpillées tout autour. Incapables de parler au début, ils se tenaient debout, regardant avec tristesse la portée des pierres tombées. Napoléon faisait les cent pas en silence, en soufflant parfois sur le sol. Sa queue était devenue rigide et se tordait brusquement d'un côté à l'autre, signe en lui d'une activité mentale intense. Soudain, il s'arrêta comme si sa décision était prise.

"Camarades", dit-il calmement, "savez-vous qui est responsable de cela? Connaissez-vous l'ennemi qui est venu dans la nuit et qui a renversé notre moulin à vent? SNOWBALL!", dit-il soudain d'une voix de tonnerre. "Boule de neige a fait cette chose! Dans la plus pure malignité, pensant faire reculer nos plans et se venger de son ignoble expulsion, ce traître s'est glissé ici sous le couvert de la nuit et a détruit notre travail de près d'un an. Camarades, je prononce ici et maintenant la sentence de mort de Boule de neige. Héros des animaux, deuxième classe" et un demi-bouquet de pommes à tout animal qui le traduira en justice. Un boisseau entier à quiconque le capture vivant!"

Les animaux ont été choqués au plus haut point d'apprendre que même Snowball pouvait être coupable d'un tel acte. Il y eut un cri d'indignation, et tout le monde commença à réfléchir aux moyens d'attraper Boule de neige si jamais il revenait. Presque immédiatement, les empreintes d'un cochon ont été découvertes dans l'herbe, à une petite distance de la butte. Elles ne pouvaient être tracées que sur quelques mètres, mais semblaient mener à un trou dans la haie. Napoléon les prit à partie et déclara qu'elles étaient celles de Boule de neige. Il donna comme avis que Boule de neige venait probablement de la direction de la ferme Foxwood.

"Plus de retard, camarades!" s'écria Napoléon lorsque les empreintes de pas furent examinées. "Il y a du travail à faire. Ce matin même, nous commençons à reconstruire le moulin à vent, et nous le ferons tout au long de l'hiver, qu'il pleuve ou qu'il vente. Nous apprendrons à ce misérable traître qu'il ne peut pas défaire notre travail si facilement. N'oubliez pas, camarades, que nos plans ne doivent pas être modifiés: ils seront réalisés jusqu'au jour le jour. En avant, camarades! Vive le moulin à vent! Vive la ferme des animaux!"

CHAPITRE VII

L'hiver a été rude. Le temps orageux a été suivi par de la neige fondue et de la neige, puis par une forte gelée qui n'a pas éclaté avant une bonne partie du mois de février. Les animaux poursuivirent du mieux qu'ils purent la reconstruction du moulin à vent, sachant bien que le monde extérieur les observait et que les êtres humains envieux se réjouiraient et triompheraient si le moulin n'était pas terminé à temps.

Par dépit, les êtres humains ont fait semblant de ne pas croire que c'était Boule de neige qui avait détruit le moulin à vent: ils ont dit qu'il était tombé parce que les murs étaient trop fins. Les animaux savaient que ce n'était pas le cas. Pourtant, il avait été décidé de construire des murs de trois pieds d'épaisseur cette fois-ci au lieu de dix-huit pouces comme auparavant, ce qui impliquait de collecter des quantités de pierres bien plus importantes. Pendant longtemps, la carrière a été pleine de congères et rien ne pouvait être fait. Le temps sec et glacial qui a suivi a permis de faire quelques progrès, mais c'était un travail cruel, et les animaux ne pouvaient pas se sentir aussi optimistes qu'avant. Ils avaient toujours froid, et généralement aussi faim. Seuls Boxer et Clover n'ont jamais perdu courage. Squealer faisait d'excellents discours sur la joie du service et la dignité du travail, mais les autres animaux trouvaient davantage d'inspiration dans la force de Boxer et son cri inlassable "Je vais travailler plus dur!

En janvier, la nourriture a manqué. La ration de maïs a été considérablement réduite, et il a été annoncé qu'une ration supplémentaire de pommes de terre serait distribuée pour compenser. Puis on a découvert que la plus grande partie de la récolte de pommes de terre avait gelé dans les pinces, qui n'avaient pas été recouvertes assez épais. Les pommes de terre étaient devenues molles et décolorées, et seules quelques-unes étaient comestibles. Pendant des jours, les animaux n'avaient rien à manger à part de la paille et des palourdes. La famine semblait les regarder en face.

Il était vital de dissimuler ce fait au monde extérieur. Encouragés par l'effondrement du moulin à vent, les êtres humains inventent de nouveaux mensonges sur la Ferme des animaux. Une fois de plus, on disait que tous les animaux mouraient de famine et de maladie, qu'ils se battaient continuellement entre eux et qu'ils avaient eu recours au cannibalisme et à l'infanticide. Napoléon était bien conscient des mauvais résultats qui pourraient s'ensuivre si les faits réels de la situation alimentaire étaient connus, et il décida d'utiliser M. Whymper pour répandre une impression contraire. Jusqu'à présent, les animaux n'avaient eu que peu ou pas de contact avec Whymper lors de ses visites hebdomadaires: maintenant, cependant, quelques animaux sélectionnés, principalement des moutons, ont reçu pour instruction de lui faire remarquer en toute décontraction que les rations avaient été augmentées. En outre, Napoléon ordonna que les bacs presque vides de l'entrepôt soient remplis presque à ras bord de sable, qui était ensuite recouvert de ce qui restait du grain et de la farine. Sous un prétexte approprié, Whymper fut conduit à travers l'entrepôt et put apercevoir les poubelles. Il a été trompé et a continué à rapporter au monde extérieur qu'il n'y avait pas de pénurie de nourriture à la Ferme des animaux.

Néanmoins, vers la fin du mois de janvier, il est devenu évident qu'il serait nécessaire de se procurer d'autres céréales quelque part. À cette époque, Napoléon apparaît rarement en public, mais il passe tout son temps dans la ferme, gardée à chaque porte par des chiens à l'air féroce. Lorsqu'il émergeait, c'était de manière cérémonieuse, avec une escorte de six chiens qui l'entouraient de près et grognaient si quelqu'un s'approchait trop près. Souvent, il n'apparaissait même pas le dimanche matin, mais donnait ses ordres par l'intermédiaire d'un des autres porcs, généralement Squealer.

Un dimanche matin, Squealer a annoncé que les poules, qui venaient de venir pondre à nouveau, devaient rendre leurs œufs. Napoléon avait accepté, par l'intermédiaire de Whymper, un contrat portant sur quatre cents œufs par semaine. Le prix de ces œufs permettrait de payer suffisamment de céréales et de farine pour faire tourner la ferme jusqu'à l'arrivée de l'été et de faciliter les conditions.

Quand les poules ont entendu cela, elles ont soulevé un terrible tollé. Elles avaient été averties plus tôt que ce sacrifice pourrait être nécessaire, mais n'avaient pas cru que cela se produirait réellement. Elles préparaient leurs griffes pour la séance de printemps et protestaient que le fait d'enlever les œufs maintenant était un meurtre. Pour la première fois depuis l'expulsion de Jones, il y eut quelque chose qui ressemblait à une rébellion. Menées par trois jeunes poulettes de Minorque noire, les poules ont fait un effort déterminé pour contrecarrer les souhaits de Napoléon. Leur méthode consistait à voler jusqu'aux chevrons et à y déposer leurs œufs, qui se brisaient sur le sol. Napoléon agit rapidement et sans pitié. Il ordonna l'arrêt des rations pour les poules et décréta que tout animal donnant ne serait-ce qu'un grain de maïs à une poule serait puni de mort. Les chiens veillaient à ce que ces ordres soient exécutés. Pendant cinq jours, les poules ont tenu bon, puis elles ont capitulé et sont retournées à leurs nichoirs. Entre-temps, neuf poules étaient mortes. Leurs corps ont été enterrés dans le verger, et il a été annoncé qu'elles étaient mortes de coccidiose. Whymper n'a rien entendu de cette affaire, et les œufs ont été dûment livrés, une camionnette d'épicerie se rendant à la ferme une fois par semaine pour les emporter.

Tout cela alors qu'on n'avait plus vu Boule de neige. La rumeur disait qu'il se cachait dans une des fermes voisines, soit Foxwood, soit Pinchfield. Napoléon était à cette époque en meilleurs termes qu'auparavant avec les autres fermiers. Il se trouve qu'il y avait dans la cour un tas de bois qui y avait été empilé dix ans plus tôt lors du défrichage d'une hêtraie. Elle était bien assaisonnée et Whymper avait conseillé à Napoléon de la vendre; tant M. Pilkington que M. Frederick étaient impatients de l'acheter. Napoléon hésitait entre les deux, incapable de se décider. On remarqua que chaque fois qu'il semblait sur le point de conclure un accord avec Frederick, on déclarait que Snowball se cachait à Foxwood, tandis que, lorsqu'il penchait vers Pilkington, on disait que Snowball se trouvait à Pinchfield.

Soudain, au début du printemps, une chose alarmante a été découverte. Boule de neige fréquentait secrètement la ferme la nuit! Les animaux étaient si perturbés qu'ils pouvaient à peine dormir dans leurs stalles. Chaque nuit, disait-on, il venait se faufiler sous le couvert de l'obscurité et se livrait à toutes sortes de méfaits. Il volait le maïs, il dérangeait les seaux à lait, il cassait les œufs, il piétinait les lits de semences, il rongeait l'écorce des arbres fruitiers. Chaque fois que quelque chose allait mal, il devenait habituel de l'attribuer à Boule de neige. Si une fenêtre était cassée ou si une canalisation était bouchée, quelqu'un était certain de dire que Snowball était entré dans la nuit et l'avait fait, et lorsque la clé de la remise était perdue, toute la ferme était convaincue que Snowball l'avait jetée dans le puits. Curieusement, ils ont continué à le croire même après que la clé égarée ait été retrouvée sous un sac de repas. Les vaches ont déclaré à l'unanimité que Snowball s'était glissée dans leurs stalles et les avait traites dans leur sommeil. Les rats, qui avaient été gênants cet hiver-là, auraient également été de mèche avec Snowball.

Napoléon a décrété qu'une enquête complète devait être menée sur les activités de Snowball. En présence de ses chiens, il se mit en route et fit une tournée d'inspection minutieuse des bâtiments de la ferme, les autres animaux le suivant à une distance respectueuse. À chaque pas, Napoléon s'arrête et renifle le sol pour y trouver des traces de pas de Snowball, qu'il dit pouvoir détecter à l'odeur. Il reniflait dans tous les coins, dans la grange, dans l'étable, dans les poulaillers, dans le jardin potager, et il a trouvé des traces de Boule de neige presque partout. Il posait son museau sur le sol, reniflait plusieurs fois profondément, et s'exclamait d'une voix terrible: "Boule de neige! Il est venu ici! Je peux le sentir distinctement" et, au mot "Boule de neige", tous les chiens émettaient des grognements qui glaçaient le sang et montraient leurs dents de côté.

Les animaux ont eu très peur. Il leur semblait que Snowball était une sorte d'influence invisible, envahissant l'air autour d'eux et les menaçant de toutes sortes de dangers. Dans la soirée, Squealer les a réunis et, avec une expression alarmée, leur a dit qu'il avait de sérieuses nouvelles à leur annoncer.

"Camarades! s'écria Squealer, faisant des petits bonds nerveux, "une chose terrible a été découverte. Boule de neige s'est vendue à Frédéric de Pinchfield Farm, qui complote même maintenant pour nous attaquer et nous prendre notre ferme! Boule de neige doit lui servir de guide lorsque l'attaque commencera. Mais il y a pire que cela. Nous avions pensé que la rébellion de Snowball était simplement due à sa vanité et à son ambition. Mais nous avions tort, camarades. Savez-vous quelle était la vraie raison? Snowball était de mèche avec Jones dès le début! Il était l'agent secret de Jones tout le temps. Tout cela a été prouvé par des documents qu'il a laissés derrière lui et que nous venons seulement de découvrir. À mon avis, cela explique beaucoup de choses, camarades. N'avons-nous pas vu par nous-mêmes comment il a tenté - heureusement sans succès - de nous faire vaincre et détruire à la bataille de l'étable?

Les animaux étaient stupéfaits. C'était une méchanceté bien plus grande que la destruction du moulin à vent par Boule de neige. Mais il a fallu quelques minutes avant qu'ils ne puissent l'assimiler complètement. Ils se souvenaient tous, ou pensaient se souvenir, de la façon dont ils avaient vu Snowball charger devant eux à la bataille de l'étable, de la façon dont il s'était rallié et les avait encouragés à chaque tournant, et de la façon dont il ne s'était pas arrêté un instant, même lorsque les balles du canon de Jones lui avaient blessé le dos. Au début, il était un peu difficile de voir comment cela cadrait avec sa position aux côtés de Jones. Même Boxer, qui ne posait que rarement des questions, était perplexe. Il s'est allongé, a replié ses sabots avant sous lui, a fermé les yeux, et avec un effort acharné a réussi à formuler ses pensées.

"Je n'y crois pas", a-t-il déclaré. "Boule de neige s'est battue courageusement à la bataille de l'étable. Je l'ai vu moi-même. Ne lui avons-nous pas donné "Héros des animaux, première classe" immédiatement après?

"C'était notre erreur, camarade. Car nous savons maintenant - tout est écrit dans les documents secrets que nous avons trouvés - qu'en réalité, il essayait de nous attirer vers notre perte."

"Mais il a été blessé", a déclaré Boxer. "Nous l'avons tous vu courir avec du sang."

"Ça faisait partie de l'arrangement", s'est écrié Squealer. "Le tir de Jones n'a fait que l'effleurer. Je pourrais vous montrer ceci dans sa propre écriture, si vous étiez capable de le lire. L'intrigue était que Boule de neige, au moment critique, donne le signal de la fuite et quitte le terrain pour l'ennemi. Et il a presque réussi - je dirais même, camarades, il aurait réussi si notre héroïque chef, le camarade Napoléon, n'avait pas été là. Vous ne vous souvenez pas comment, au moment où Jones et ses hommes étaient entrés dans la cour, Boule de neige s'est soudainement retournée et a pris la fuite, et de nombreux animaux l'ont suivi? Et ne vous rappelez-vous pas non plus que c'est à ce moment précis, alors que la panique se répandait et que tout semblait perdu, que le camarade Napoléon s'est précipité avec un cri de "Mort à l'humanité" et a enfoncé ses dents dans la jambe de Jones ? Vous vous souvenez sûrement de cela, camarades" s'exclame Squealer, en fouillant d'un côté à l'autre.

Quand Squealer a décrit la scène de façon si graphique, il a semblé aux animaux qu'ils s'en souvenaient. En tout cas, ils se souvenaient qu'au moment critique de la bataille, Boule de neige s'était tournée pour fuir. Mais Boxer était encore un peu mal à l'aise.

"Je ne crois pas que Boule de neige ait été un traître au début", a-t-il finalement déclaré. "Ce qu'il a fait depuis est différent. Mais je crois qu'à la bataille de l'étable, il était un bon camarade."

"Notre chef, camarade Napoléon", annonça Squealer, parlant très lentement et fermement, "a déclaré catégoriquement - catégoriquement, camarade - que Snowball était l'agent de Jones depuis le tout début - oui, et bien avant que la rébellion ne soit envisagée."

"Ah, c'est différent!" a dit Boxer. "Si le camarade Napoléon le dit, c'est qu'il doit avoir raison."

"C'est le vrai esprit, camarade!" s'écrie Squealer, mais on remarque qu'il jette un regard très laid sur Boxer avec ses petits yeux scintillants. Il se retourna pour partir, puis fit une pause et ajouta de façon impressionnante: "Je préviens tous les animaux de cette ferme de garder les yeux très ouverts. Car nous avons des raisons de penser que certains des agents secrets de Snowball se cachent parmi nous en ce moment!

Quatre jours plus tard, en fin d'après-midi, Napoléon ordonne de rassembler tous les animaux dans la cour. Lorsqu'ils furent tous réunis, Napoléon sortit de la ferme, portant ses deux médailles (car il s'était récemment attribué les titres de "Héros des animaux, première classe" et "Héros des animaux, deuxième classe"), avec ses neuf énormes chiens qui le fouillaient et émettaient des grognements qui faisaient frissonner toutes les bêtes. Ils se recroquevillaient tous en silence à leur place, semblant savoir à l'avance qu'une chose terrible allait se produire.

Napoléon se tenait debout, surveillant sévèrement son public, puis il a poussé un gémissement aigu. Aussitôt, les chiens s'avancèrent, saisirent quatre des porcs par l'oreille et les traînèrent aux pieds de Napoléon en poussant des cris de douleur et de terreur. Les oreilles des porcs saignaient, les chiens avaient goûté au sang et, pendant quelques instants, ils semblaient devenir fous. À la stupéfaction de tous, trois d'entre eux se jetèrent sur Boxer. Boxer les a vus arriver et a sorti son grand sabot, a attrapé un chien en plein vol et l'a cloué au sol. Le chien cria de pitié et les deux autres s'enfuirent, la queue entre les jambes. Boxer regarda Napoléon pour savoir s'il devait écraser le chien à mort ou le laisser partir. Napoléon semble changer d'attitude et ordonne vivement à Boxer de laisser partir le chien. Boxer lève alors son sabot et le chien s'éloigne en glissant, meurtri et hurlant.

Actuellement, le tumulte s'est apaisé. Les quatre cochons attendaient, tremblants, avec la culpabilité écrite sur chaque ligne de leur visage. Napoléon les appelle maintenant à confesser leurs crimes. Ce sont les mêmes quatre porcs qui avaient protesté lorsque Napoléon avait aboli les réunions du dimanche. Sans plus tarder, ils avouèrent qu'ils étaient secrètement en contact avec Boule de neige depuis son expulsion, qu'ils avaient collaboré avec lui à la destruction du moulin à vent et qu'ils avaient conclu un accord avec lui pour remettre la Ferme des animaux à M. Frédéric. Ils ont ajouté que Snowball leur avait avoué en privé qu'il avait été l'agent secret de Jones pendant des années. Lorsqu'ils eurent fini de se confesser, les chiens leur arrachèrent rapidement la gorge et, d'une voix terrible, Napoléon demanda si un autre animal avait quelque chose à confesser.

Les trois poules qui avaient été les meneuses de la tentative de rébellion sur les œufs se sont alors présentées et ont déclaré que Snowball leur était apparu en rêve et les avait incitées à désobéir aux ordres de Napoléon. Elles ont été abattues, elles aussi. Puis une oie s'est présentée et a avoué avoir sécrété six épis de maïs pendant la récolte de l'année dernière et les avoir mangés dans la nuit. Puis une brebis a avoué avoir uriné dans le bassin d'abreuvement - ce qu'elle a fait, dit-elle, par Snowball - et deux autres brebis ont avoué avoir assassiné un vieux bélier, un disciple particulièrement dévoué de Napoléon, en le poursuivant en rond et autour d'un feu de joie alors qu'il souffrait d'une toux. Ils ont tous été tués sur place. Ainsi, le récit des confessions et des exécutions se poursuivit, jusqu'à ce qu'un tas de cadavres gît devant les pieds de Napoléon et que l'air soit chargé d'une odeur de sang, inconnue là-bas depuis l'expulsion de Jones.

Quand tout était fini, les animaux restants, à l'exception des cochons et des chiens, se sont glissés dans un corps. Ils étaient secoués et malheureux. Ils ne savaient pas ce qui était le plus choquant: la trahison des animaux qui s'étaient ligotés avec Boule de neige, ou le cruel châtiment dont ils venaient d'être témoins. Autrefois, il y avait souvent eu des scènes d'effusion de sang tout aussi terribles, mais il leur semblait à tous que c'était bien pire maintenant que cela se passait entre eux. Depuis que Jones avait quitté la ferme, jusqu'à aujourd'hui, aucun animal n'avait tué un autre animal. Pas même un rat n'avait été tué. Ils avaient fait leur chemin jusqu'à la petit monticule où se dressait le moulin à vent à moitié terminé, et d'un seul coup, ils se sont tous couchés comme pour se réchauffer - Trèfle, Muriel, Benjamin, les vaches, les moutons et tout un troupeau d'oies et de poules - tout le monde, en effet, sauf le chat, qui avait soudainement disparu juste avant que Napoléon n'ordonne aux animaux de se rassembler. Pendant un certain temps, personne n'a parlé. Seul Boxer est resté debout. Il s'agit d'un animal qui se déplace d'un côté à l'autre de la maison, en agitant sa longue queue noire sur les côtés et en émettant parfois un petit hennissement de surprise. Finalement, il dit:

"Je ne le comprends pas. Je n'aurais pas cru que de telles choses puissent arriver dans notre ferme. Cela doit être dû à une faute de notre part. La solution, à mon avis, est de travailler plus dur. À partir de maintenant, je me lèverai une heure entière plus tôt le matin."

Et il s'est mis en route au trot de l'exploitation forestière et s'est dirigé vers la carrière. Arrivé là, il ramassa deux charges successives de pierres et les traîna jusqu'au moulin à vent avant de se retirer pour la nuit.

Les animaux se blottissaient autour de Trèfle, ne parlant pas. Le monticule où ils étaient couchés leur donnait une large perspective sur la campagne. La plus grande partie de la Ferme des animaux se trouvait dans leur champ de vision : les longs pâturages qui s'étendaient jusqu'à la route principale, le champ de foin, la filature, le bassin d'abreuvement, les champs labourés où le

Le jeune blé était épais et vert, et les toits rouges des bâtiments de la ferme avec la fumée qui s'enroulait des cheminées. C'était un soir de printemps clair. L'herbe et les haies éclatantes étaient dorées par les rayons du soleil. Jamais la ferme - et avec une sorte de surprise, ils se rappelèrent que c'était leur propre ferme, chaque centimètre de celle-ci leur propriété - n'était apparue aux animaux comme un endroit aussi désirable. Alors que Clover regardait le versant de la colline, ses yeux se remplirent de larmes. Si elle avait pu dire ce qu'elle pensait, cela aurait été pour dire que ce n'était pas ce qu'ils avaient visé lorsqu'ils s'étaient engagés, il y a des années, à travailler pour le renversement de la race humaine. Ces scènes de terreur et de massacre n'étaient pas ce qu'ils avaient attendu en cette nuit où le vieux Major les a d'abord poussés à la rébellion. Si elle avait elle-même eu une idée de l'avenir, c'était celle d'une société d'animaux libérés de la faim et du fouet, tous égaux, chacun travaillant selon ses capacités, le fort protégeant le faible, comme elle avait protégé la couvée perdue de canetons avec sa patte avant la nuit du discours de Major. Au lieu de cela - elle ne savait pas pourquoi -ils avaient arriver à une époque où personne n'osait dire ce qu'il pensait, où des chiens féroces et grognons erraient partout, et où il fallait regarder ses camarades se faire déchiqueter après avoir avoué des crimes choquants. Il n'y avait aucune pensée de rébellion ou de désobéissance dans son esprit. Elle savait que, même si les choses étaient ainsi, elles étaient bien meilleures qu'au temps de Jones, et qu'il fallait avant tout empêcher le retour des êtres humains. Quoi qu'il arrive, elle resterait fidèle, travaillerait dur, exécuterait les ordres qui lui étaient donnés et accepterait la direction de Napoléon. Mais ce n'est pas pour cela que elle et tous les autres animaux avaient espéré et travaillé. Ce n'est pas pour cela qu'ils avaient construit le moulin à vent et affronté les balles de l'arme de Jones. Telles étaient ses pensées, bien qu'elle manquât de mots pour les exprimer.

Enfin, sentant que c'était en quelque sorte un substitut aux paroles qu'elle ne trouvait pas, elle a commencé à chanter "Beasts of England". Les autres animaux assis autour d'elle l'ont repris et l'ont chanté trois fois, très mélodieusement, mais lentement et tristement, comme jamais auparavant.

Ils venaient de terminer de la chanter pour la troisième fois lorsque Squealer, accompagné de deux chiens, s'est approché d'eux avec l'air d'avoir quelque chose d'important à dire. Il annonce que, par un décret spécial du camarade Napoléon, les "Bêtes d'Angleterre" ont été supprimées. Désormais, il est interdit de la chanter.

Les animaux étaient stupéfaits. "Pourquoi? S'écria Muriel.

"Ce n'est plus nécessaire, camarade", dit Squealer d'une voix rauque. "'Beasts of England' était le chant de la Rébellion. Mais la Rébellion est maintenant terminée. L'exécution des traîtres cet après-midi était l'acte final. L'ennemi, tant extérieur qu'intérieur, a été vaincu. Dans "Beasts of England", nous avons exprimé notre désir d'une société meilleure dans les jours à venir. Mais cette société est maintenant établie. Il est clair que cette chanson n'a plus de raison d'être".

Bien qu'effrayés, certains animaux auraient peut-être protesté, mais à ce moment, les moutons ont mis en place leur bêlement habituel de "Quatre pattes bien, deux pattes mal", qui a duré plusieurs minutes et a mis fin à la discussion.

On n'entend donc plus "Beasts of England". À sa place, Minimus, le poète, avait composé une autre chanson qui commençait:

Ferme des animaux, Ferme des animaux, Jamais par moi tu ne feras de mal! et cela était chanté chaque dimanche matin après le hissage du drapeau. Mais d'une certaine manière, ni les paroles ni l'air ne semblaient jamais permettre aux animaux de s'approcher des "Bêtes d'Angleterre".

CHAPITRE VIII

Quelques jours plus tard, lorsque la terreur causée par les exécutions s'est calmée, certains animaux se sont souvenus - ou ont cru se souvenir - que le sixième commandement décrétait "Aucun animal ne doit tuer un autre animal". Et bien que personne ne se soit soucié d'en parler à l'oreille des porcs ou des chiens, on a estimé que les tueries qui avaient eu lieu ne correspondaient pas à cette affirmation. Clover demanda à Benjamin de lui lire le sixième commandement, et lorsque Benjamin, comme d'habitude, lui dit qu'il refuse de se mêler de ces questions, elle alla chercher Muriel. Muriel lui a lu le Commandement. Il a couru: "Aucun animal ne doit tuer un autre animal SANS CAUSE." D'une manière ou d'une autre, les deux derniers mots s'étaient échappés de la mémoire des animaux. Mais ils voyaient maintenant que le Commandement n'avait pas été violé; car il y avait clairement une bonne raison de tuer les traîtres qui s'étaient ligotés avec Boule de neige.

Tout au long de l'année, les animaux ont travaillé encore plus dur que l'année précédente. La reconstruction du moulin à vent, avec des murs deux fois plus épais qu'auparavant, et sa finition à la date prévue, ainsi que le travail régulier de la ferme, ont représenté un travail énorme. Il y a eu des moments où les animaux ont eu l'impression de travailler plus longtemps et de ne pas être mieux nourris qu'à l'époque de Jones. Le dimanche matin, Squealer, tenant une longue bande de papier avec son trotteur, leur lisait des listes de chiffres prouvant que la production de chaque catégorie de denrées alimentaires avait augmenté de deux cents pour cent, trois cents pour cent ou cinq cents pour cent, selon le cas. Les animaux ne voyaient aucune raison de ne pas le croire, d'autant plus qu'ils ne se souvenaient plus très clairement des conditions qui prévalaient avant la rébellion. Néanmoins, il y a eu des jours où ils ont senti qu'ils auraient eu plus tôt moins de chiffres et plus de nourriture.

Tous les ordres étaient désormais donnés par l'intermédiaire de Squealer ou d'un des autres porcs. Napoléon lui-même n'était pas vu en public aussi souvent qu'une fois tous les quinze jours. Lorsqu'il se présentait, il était accompagné non seulement par sa suite de mais par un coq noir qui marchait devant lui et faisait office de trompettiste, lançant un "cocorico" fort avant que Napoléon ne parle. Même dans la ferme, dit-on, Napoléon habitait des appartements séparés des autres. Il prenait ses repas seul, avec deux chiens pour le servir, et mangeait toujours dans le service de table du Crown Derby qui se trouvait dans le placard en verre du salon. Il fut également annoncé que le coup de feu serait tiré chaque année à l'anniversaire de Napoléon, ainsi qu'aux deux autres anniversaires.

On ne parlera plus jamais de Napoléon sous le seul nom de "Napoléon". Il était toujours désigné de manière formelle comme "notre chef, le camarade Napoléon", et ce porc aimait lui inventer des titres tels que "Père de tous les animaux", "Terreur de l'humanité", "Protecteur de la bergerie", "Ami des canetons", etc. Dans ses discours, Squealer parlait avec les larmes qui coulent sur ses joues de la sagesse de Napoléon, de la bonté de son cœur et de l'amour profond qu'il portait à tous les animaux partout, même et surtout aux animaux malheureux qui vivaient encore dans l'ignorance et l'esclavage dans d'autres fermes. Il était devenu habituel d'attribuer à Napoléon le mérite de chaque réussite et de chaque coup de chance. On entendait souvent une poule dire à une autre : "Sous la direction de notre chef, le camarade Napoléon, j'ai pondu cinq œufs en six jours" ; ou encore deux vaches, buvant un verre à la piscine, s'exclamaient : "Grâce à la direction du camarade Napoléon, comme cette eau a un goût excellent ! Le sentiment général sur la ferme a été bien exprimé dans un poème intitulé Camarade Napoléon, qui a été composé par Minimus et qui se lit comme suit

Ami des orphelins de père! Fontaine de bonheur! Seigneur du seau d'eaux grasses! Oh, comme mon âme est en feu quand je regarde ton œil calme et autoritaire, comme le soleil dans le ciel, camarade Napoléon!

Tu donnes tout ce que tes créatures aiment, Ventre plein deux fois par jour, paille propre sur laquelle on roule; Chaque bête, grande ou petite, dort en paix dans son enclos, Tu veilles sur tout, camarade Napoléon!

Si j'avais eu un cochon de lait, avant qu'il ne devienne aussi grand qu'une bouteille de bière ou qu'un rouleau à pâtisserie, il aurait dû apprendre à être fidèle et à te suivre.

Napoléon approuve ce poème et le fait inscrire sur le mur de la grande grange, à l'opposé des Sept Commandements. Il a été surmonté d'un portrait de Napoléon, de profil, exécuté par Squealer en peinture blanche.

Pendant ce temps, par l'intermédiaire de Whymper, Napoléon est engagé dans des négociations compliquées avec Frederick et Pilkington. La pile de bois n'était pas encore vendue. Des deux, Frederick était le plus désireux de s'en emparer, mais il ne voulait pas offrir un prix raisonnable. En même temps, de nouvelles rumeurs circulaient selon lesquelles Frederick et ses hommes complotaient pour attaquer la Ferme des animaux et détruire le moulin à vent, dont la construction avait suscité en lui une jalousie furieuse. On savait que Snowball rôdait toujours à Pinchfield Farm. Au milieu de l'été, les animaux furent alarmés d'apprendre que trois poules s'étaient présentées et avaient avoué que, inspirées par Boule de neige, elles s'étaient lancées dans un complot pour assassiner Napoléon. Elles ont été exécutées immédiatement et de nouvelles précautions ont été prises pour la sécurité de Napoléon. Quatre chiens gardaient son lit la nuit, un à chaque coin de rue, et un jeune cochon nommé Pinkeye fut chargé de goûter toute sa nourriture avant de la manger, de peur qu'elle ne soit empoisonnée.

À peu près au même moment, il a été annoncé que Napoléon s'était arrangé pour vendre le tas de bois à M. Pilkington; il allait également conclure un accord régulier pour l'échange de certains produits entre Animal Farm et Foxwood. Les relations entre Napoléon et Pilkington, bien qu'elles ne se soient déroulées que par l'intermédiaire de Whymper, étaient désormais presque amicales. Les animaux se méfiaient de Pilkington, en tant que mais le préféraient largement à Frédéric, qu'ils craignaient et détestaient tous deux. Au fur et à mesure que l'été s'écoulait et que le moulin à vent était presque terminé, les rumeurs d'une attaque traître imminente se faisaient de plus en plus pressantes. Frederick, disait-on, avait l'intention de faire venir contre eux vingt hommes tous armés de fusils, et il avait déjà soudoyé les magistrats et la police, afin que s'il pouvait une fois mettre la main sur les titres de propriété de la Ferme des animaux, ils ne posent pas de questions. De plus, de terribles histoires se sont échappées de Pinchfield sur les cruautés que Frederick pratiquait sur ses animaux. Il avait fouetté un vieux cheval à mort, il avait affamé ses vaches, il avait tué un chien en le jetant dans la fournaise, il s'amusait le soir à faire se battre des coqs avec des éclats de lame de rasoir attachés à leurs éperons. Le sang des animaux bouillonnait de rage lorsqu'ils entendaient parler de ces choses faites à leurs camarades, et parfois ils réclamaient de pouvoir sortir en corps à corps et attaquer la ferme de Pinchfield, chasser les humains et libérer les animaux. Mais Squealer leur a conseillé d'éviter les actions irréfléchies et de faire confiance à la stratégie du camarade Napoléon.

Néanmoins, les sentiments à l'égard de Frédéric continuent à être très forts. Un dimanche matin, Napoléon apparut dans la grange et expliqua qu'il n'avait jamais envisagé de vendre le tas de bois à Frédéric; il considérait qu'il était indigne, disait-il, d'avoir affaire à des crapules de cette description. Les pigeons qui étaient encore envoyés pour répandre la nouvelle de la rébellion n'avaient pas le droit de mettre les pieds où que ce soit à Foxwood, et on leur ordonna également de laisser tomber leur ancien slogan "Mort à l'humanité" en faveur de "Mort à Frédéric". À la fin de l'été, une autre des machinations de Snowball fut mise à nu. La récolte de blé était pleine de mauvaises herbes, et on découvrit que lors d'une de ses visites nocturnes, Snowball avait mélangé des graines de mauvaises herbes avec le maïs de semence. Un jars qui avait été au courant du complot avait avoué sa culpabilité à Squealer et s'était immédiatement suicidé en avalant une morelle noire mortelle baies. Les animaux apprennent également que Snowball n'a jamais - comme beaucoup d'entre eux le croyaient jusqu'à présent - reçu l'ordre de "Héros des animaux, première classe". Il s'agissait simplement d'une légende qui avait été diffusée quelque temps après la bataille de l'étable par Boule de neige lui- même. Loin d'être décoré, il avait été censuré pour avoir fait preuve de lâcheté dans la bataille. Une fois de plus, certains animaux l'entendirent avec un certain désarroi, mais Squealer put bientôt les convaincre que leurs souvenirs étaient fautifs.

En automne, par un effort énorme et épuisant - car la récolte devait se faire presque en même temps - le moulin à vent était terminé. Les machines devaient encore être installées, et Whymper en négociait l'achat, mais la structure était achevée. Malgré l'inexpérience, les outils primitifs, la malchance et la trahison de Boule de neige, le travail a été achevé ponctuellement jusqu'au jour même! Fatigués mais fiers, les animaux tournaient autour de leur chef-d'œuvre, qui leur paraissait encore plus beau à leurs yeux que lorsqu'il avait été construit la première fois. De plus, les murs étaient deux fois plus épais qu'auparavant. Rien de moins que des explosifs pour les rabaisser cette fois-ci! Et lorsqu'ils pensaient à leur labeur, aux découragements qu'ils avaient surmontés et à l'énorme différence qui allait se faire dans leur vie lorsque les voiles tourneraient et que les dynamos fonctionneraient, leur fatigue les abandonnait et ils gambadaient autour du moulin à vent en poussant des cris de triomphe. Napoléon lui-même, accompagné de ses chiens et de son coq, descendit pour inspecter les travaux terminés; il félicita personnellement les animaux pour leur exploit et annonça que le moulin serait nommé Moulin Napoléon.

Deux jours plus tard, les animaux ont été convoqués à une réunion spéciale dans la grange. Ils furent frappés de stupeur lorsque Napoléon annonça qu'il avait vendu le tas de bois à Frédéric. Demain, les chariots de Frédéric arriveraient et commenceraient à l'emporter. Pendant toute la période de son amitié apparente avec Pilkington, Napoléon avait vraiment été en accord secret avec Frederick.

Toutes les relations avec Foxwood avaient été rompues; des messages insultants avaient été envoyés à Pilkington. Les pigeons avaient été priés d'éviter la ferme de Pinchfield et de changer leur slogan de "Death to Frederick" à "Death to Pilkington". En même temps, Napoléon assura aux animaux que les histoires d'une attaque imminente sur la Ferme des animaux étaient complètement fausses et que les récits sur la cruauté de Frédéric envers ses propres animaux avaient été grandement exagérés. Toutes ces rumeurs provenaient probablement de Snowball et de ses agents. Il semble maintenant que Snowball ne se cachait pas dans la ferme de Pinchfield, et n'y avait en fait jamais été de sa vie : il vivait - dans un luxe considérable, disait-on - à Foxwood, et était en réalité un retraité de Pilkington depuis des années.

Les porcs étaient en extase devant la ruse de Napoléon. En semblant être ami avec Pilkington, il avait forcé Frederick à augmenter son prix de douze livres. Mais la qualité supérieure de l'esprit de Napoléon, dit Squealer, se manifestait dans le fait qu'il ne faisait confiance à personne, pas même à Frédéric. Frederick avait voulu payer le bois avec ce qu'on appelle un chèque, qui, semble-t-il, était un morceau de papier avec un promesse de payer écrite dessus. Mais Napoléon était trop intelligent pour lui. Il avait exigé le paiement en vrais billets de cinq livres, qui devaient être remis avant l'enlèvement du bois. Frédéric avait déjà payé, et la somme qu'il avait versée était juste suffisante pour acheter les machines du moulin.

Pendant ce temps, le bois était transporté à grande vitesse. Quand tout a disparu, une autre réunion spéciale a été organisée dans la grange pour que les animaux puissent inspecter les billets de banque de Frédéric. Souriant béatement, et portant ses deux décorations, Napoléon se reposa sur un lit de paille sur la plate-forme, avec l'argent à ses côtés, soigneusement empilé sur un plat de porcelaine de la cuisine de la ferme. Les animaux défilent lentement et chacun regarde à sa faim. Et Boxer sortit son nez pour renifler les billets de banque, et les petites choses blanches se mirent à bouger et à bruisser dans son souffle.

Trois jours plus tard, il y a eu un terrible brouhaha. Whymper, d'une pâleur mortelle, remonta le chemin en vélo, le jeta dans la cour et se précipita directement dans la ferme. L'instant d'après, un grondement de rage étouffant retentit des appartements de Napoléon. La nouvelle de ce qui s'était passé a fait le tour de la ferme comme un feu de forêt. Les billets de banque étaient des faux! Frédéric avait obtenu le bois pour rien!

Napoléon réunit immédiatement les animaux et, d'une voix terrible, prononça la sentence de mort de Frédéric. Une fois capturé, dit-il, Frédéric devrait être bouilli vivant. En même temps, il les avertit qu'après cet acte de trahison, le pire était à prévoir. Frederick et ses hommes pourraient lancer leur attaque tant attendue à tout moment. Des sentinelles furent placées à toutes les approches de la ferme. En outre, quatre pigeons furent envoyés à Foxwood avec un message de conciliation, qui, espérait-on, pourrait rétablir de bonnes relations avec Pilkington.

Le lendemain matin, l'attaque a eu lieu. Les animaux étaient au petit déjeuner lorsque les vigies sont arrivées en courant avec la nouvelle que Frédéric et ses partisans avaient déjà franchi la porte à cinq barreaux. Les animaux se mirent en route pour les rejoindre, mais cette fois, ils n'eurent pas la victoire facile qu'ils avaient eue à la bataille de l'étable. Il y avait quinze hommes, avec une demi-douzaine de canons entre eux, et ils ont ouvert le feu dès qu'ils se sont approchés à moins de cinquante mètres. Les animaux ne pouvaient pas faire face aux terribles explosions et aux boulettes urticantes, et malgré les efforts de Napoléon et de Boxer pour les rallier, ils furent bientôt repoussés. Un certain nombre d'entre eux étaient déjà blessés. Ils se réfugient dans la ferme et a jeté un coup d'oeil prudent aux fissures et aux trous de noeuds. L'ensemble des grands pâturages, y compris le moulin à vent, était aux mains de l'ennemi. Pour le moment, même Napoléon semblait perdu. Il faisait les cent pas sans un mot, la queue rigide et tortueuse. Des regards pleins de tristesse furent envoyés en direction de Foxwood. Si Pilkington et ses hommes les aidaient, le jour pourrait encore être gagné. Mais à ce au moment où les quatre pigeons, qui avaient été envoyés la veille, sont revenus, l'un d'entre eux portant un morceau de papier de Pilkington. Les mots y étaient inscrits au crayon: "Bien fait pour vous."

Pendant ce temps, Frederick et ses hommes s'étaient arrêtés au sujet du moulin à vent. Les animaux les observaient, et un murmure de consternation les entourait. Deux des hommes avaient produit un pied de biche et une masse. Ils allaient faire tomber le moulin à vent.

"Impossible!" s'écria Napoléon. "Nous avons construit des murs bien trop épais pour cela. Ils ne pouvaient pas les abattre en une semaine. Courage, camarades!"

Mais Benjamin surveillait attentivement les mouvements des hommes. Les deux hommes avec le marteau et le pied-de-biche étaient en train de percer un trou près de la base du moulin à vent. Lentement, et avec un air presque d'amusement, Benjamin fit un signe de tête à son long museau.

"C'est ce que je pensais", a-t-il dit. "Ne voyez-vous pas ce qu'ils font? Dans un moment, ils vont mettre de la poudre explosive dans ce trou."

Terrifiés, les animaux attendaient. Il était désormais impossible de s'aventurer hors de l'abri des bâtiments. Au bout de quelques minutes, on a vu les hommes courir dans toutes les directions. Puis il y eut un rugissement assourdissant. Les pigeons tourbillonnaient dans les airs et tous les animaux, sauf Napoléon, se jetaient à plat ventre et se cachaient le visage. Lorsqu'ils se relevèrent, un énorme nuage de fumée noire était suspendu à l'endroit où se trouvait le moulin à vent. Lentement, la brise l'a fait dériver. Le moulin à vent avait cessé d'exister!

A cette vue, le courage des animaux leur est revenu. La peur et le désespoir qu'ils avaient ressentis un instant plus tôt étaient noyés dans leur rage contre cet acte vil et méprisable. Un puissant cri de vengeance s'éleva, et sans attendre d'autres ordres, ils se mirent en route en corps à corps et se dirigèrent droit vers l'ennemi. Cette fois, ils n'ont pas écouté les cruelles boulettes qui les ont submergés comme de la grêle. Ce fut une bataille sauvage et acharnée. Les hommes tirèrent encore et encore et, lorsque les animaux arrivèrent à proximité, ils furent attaqués avec leurs bâtons et leurs lourdes bottes. Une vache, trois moutons et deux oies furent tués et presque tous furent blessés. Même Napoléon, qui dirigeait les opérations par l'arrière, a eu le bout de la queue ébréché par une balle. Mais les hommes n'en sont pas sortis indemnes non plus. Trois d'entre eux ont eu la tête brisée par des coups de sabots de Boxer; un autre a été transpercé dans le ventre par une corne de vache ; un autre a vu son pantalon presque arraché par Jessie et Bluebell. Et lorsque les neuf chiens du garde du corps de Napoléon, qu'il avait chargé de faire un détour à l'abri de la haie, apparurent soudain sur le flanc des hommes, en poussant des cris de fureur, la panique s'empara d'eux. Ils virent qu'ils risquaient d'être encerclés. Frédéric cria à ses hommes de sortir tant que la situation était bonne, et l'instant d'après, l'ennemi lâche fuyait pour sauver sa vie. Les animaux les ont poursuivis jusqu'au fond du champ et leur ont donné un dernier coup de pied en forçant leur chemin à travers la haie d'épines.

Ils avaient gagné, mais ils étaient fatigués et saignants. Lentement, ils ont commencé à revenir en boitant vers la ferme. La vue de leurs camarades morts, étendus sur l'herbe, a fait pleurer certains d'entre eux. Et pendant un moment, ils s'arrêtèrent dans un silence douloureux à l'endroit où se trouvait autrefois le moulin à vent. Oui, il avait disparu; presque la dernière trace de leur travail avait disparu! Même les fondations étaient partiellement détruites. Et pour le reconstruire, ils ne purent cette fois-ci, comme auparavant, utiliser les pierres tombées. Cette fois-ci, les pierres avaient également disparu. La force de l'explosion les avait projetées à des centaines de mètres de distance. C'était comme si le moulin à vent n'avait jamais existé.

Alors qu'ils s'approchaient de la ferme, Squealer, qui avait été absent pendant les combats, s'est précipité vers eux, en battant de la queue et en rayonnant de satisfaction. Et les animaux ont entendu, depuis la direction des bâtiments de la ferme, le bruit solennel d'un canon.

"Pourquoi cette arme tire-t-elle?" a déclaré Boxer. "Pour célébrer notre victoire!" s'écria Squealer. "Quelle victoire?" a déclaré Boxer. Ses genoux saignaient, il avait perdu une chaussure et s'était fendu le sabot, et une douzaine de plombs s'étaient logés dans sa patte arrière.

"Quelle victoire, camarade? N'avons-nous pas chassé l'ennemi de notre sol, le sol sacré de la Ferme des animaux? "Mais ils ont détruit le moulin à vent. Et nous y avions travaillé pendant deux ans!"

"Quelle importance? Nous allons construire un autre moulin à vent. Nous construirons six moulins à vent si nous en avons envie. Vous n'appréciez pas, camarade, la chose puissante que nous avons faite. L'ennemi occupait ce même terrain sur lequel nous nous trouvons. Et maintenant, grâce à la direction du camarade Napoléon, nous en avons récupéré chaque centimètre!"

"Nous avons donc récupéré ce que nous avions avant", a déclaré M. Boxer. "C'est notre victoire", a déclaré Squealer.

Ils ont boité dans la cour. Les boulettes sous la peau de la jambe de Boxer s'écrasaient douloureusement. Il voyait devant lui le lourd travail de reconstruction du moulin à vent à partir des fondations, et déjà en imagination il se préparait à la tâche. Mais pour la première fois, il se rendit compte qu'il avait onze ans et que peut-être ses grands muscles n'étaient plus tout à fait ce qu'ils étaient.

Mais quand les animaux ont vu le drapeau vert flotter, et ont entendu le canon tirer à nouveau - sept fois en tout - et ont entendu le discours de Napoléon les félicitant pour leur conduite, il leur a semblé après tout qu'ils avaient remporté une grande victoire. Les animaux tués au cours de la bataille ont reçu des funérailles solennelles. Boxer et Clover tirent le chariot qui sert de corbillard, et Napoléon lui-même marche en tête du cortège. Deux jours entiers sont consacrés aux célébrations. Il y eut des chants, des discours et d'autres coups de feu, et une pomme fut offerte en cadeau à chaque animal, avec deux onces de maïs pour chaque oiseau et trois biscuits pour chaque chien. Il fut annoncé que la bataille serait appelée la Bataille du Moulin à Vent, et que Napoléon avait créé une nouvelle décoration, l'Ordre de la Bannière Verte, qu'il s'était lui-même conféré. Dans les réjouissances générales, la malheureuse affaire des billets de banque fut oubliée.

C'est quelques jours plus tard que les porcs sont tombés sur une caisse de whisky dans les caves de la ferme. Elle avait été oubliée au moment où la maison a été occupée pour la première fois. Cette nuit-là, la ferme a fait entendre un grand chant, dans lequel, à la surprise de tous, les souches de

Les "Bêtes d'Angleterre" ont été mélangées. Vers neuf heures et demie, Napoléon, portant un vieux chapeau melon de M. Jones, a été distinctement vu émerger de la porte arrière, galoper rapidement dans la cour et disparaître à nouveau à l'intérieur. Mais le matin, un profond silence planait sur la ferme. Pas un seul cochon ne semblait s'agiter. Il était presque neuf heures lorsque Squealer fit son apparition, marchant lentement et déprimé, les yeux ternes, la queue pendant mollement derrière lui, et avec l'apparence d'être gravement malade. Il a réuni les animaux et leur a dit qu'il avait une terrible nouvelle à leur annoncer. Camarade Napoléon se meurt!

Un cri de lamentation s'est élevé. On déposa de la paille devant les portes de la ferme, et les animaux marchèrent sur la pointe des pieds. Les larmes aux yeux, ils se demandaient ce qu'ils devraient faire si leur chef leur était enlevé. Une rumeur circulait selon laquelle Boule de neige avait finalement réussi à introduire du poison dans la nourriture de Napoléon. À onze heures, Squealer sortit pour faire une autre annonce. Pour son dernier acte sur terre, le camarade Napoléon avait prononcé un décret solennel : la consommation d'alcool devait être puni de mort.

Le soir, cependant, Napoléon semblait aller un peu mieux, et le lendemain matin, Squealer a pu leur dire qu'il était en bonne voie de guérison. Le soir même, Napoléon était de retour au travail, et le lendemain, on apprit qu'il avait demandé à Whymper d'acheter à Willingdon des brochures sur la brasserie et la distillation. Une semaine plus tard, Napoléon donna l'ordre de labourer le petit enclos situé au-delà du verger, qui devait auparavant servir de pâturage pour les animaux ayant quitté le travail. Il fut annoncé que les pâturages étaient épuisés et devaient être réensemencés, mais on apprit bientôt que Napoléon avait l'intention de les ensemencer avec de l'orge.

À peu près à cette époque, un étrange incident s'est produit, que presque personne n'a pu comprendre. Une nuit, vers minuit, il y a eu un grand fracas dans la cour, et les animaux se sont précipités hors de leurs stalles. C'était une nuit de pleine lune. Au pied du mur d'extrémité de la grande grange, où étaient écrits les sept commandements, se trouvait une échelle cassée en deux morceaux. Squealer, temporairement abasourdi, s'étendait à côté de l'échelle, et à proximité se trouvaient une lanterne, un pinceau et un pot de peinture blanche renversé. Les chiens ont immédiatement fait tourner Squealer en rond et l'ont escorté jusqu'à la ferme dès qu'il a pu marcher. Aucun des animaux ne pouvait se faire une idée de ce que cela signifiait, à l'exception du vieux Benjamin, qui hochait la tête d'un air entendu et semblait comprendre, mais ne disait rien.

Mais quelques jours plus tard, en se relisant les sept commandements, Muriel a remarqué qu'il y en avait encore un autre dont les animaux s'étaient mal souvenus. Ils avaient cru que le cinquième commandement était "Aucun animal ne doit boire de l'alcool", mais ils avaient oublié deux mots. En fait, le Commandement se lisait: "Aucun animal ne doit boire de l'alcool AUX EXCESSUS."

CHAPITRE IX

Le sabot fendu de Boxer a été longtemps en voie de guérison. Ils avaient commencé la reconstruction du moulin à vent le lendemain de la fin des célébrations de la victoire. Boxer refusa de prendre ne serait-ce qu'un jour de congé, et mit un point d'honneur à ne pas laisser voir qu'il souffrait. Le soir, il avouait en privé Trèfle que le sabot l'a beaucoup troublé. Clover a traité le sabot avec des cataplasmes d'herbes qu'elle a préparés en les mâchant, et elle et Benjamin ont tous deux incité Boxer à travailler moins dur. "Les poumons d'un cheval ne durent pas éternellement", lui dit-elle. Mais Boxer n'a pas voulu écouter. Il n'avait, disait-il, plus qu'une seule véritable ambition: voir le moulin à vent bien en marche avant qu'il n'atteigne l'âge de la retraite.

Au début, lorsque les lois de la Ferme des animaux ont été formulées pour la première fois, l'âge de la retraite avait été fixé à douze ans pour les chevaux et les porcs, à quatorze ans pour les vaches, à neuf ans pour les chiens, à sept ans pour les moutons et à sept ans pour les poules et des oies à cinq ans. Les pensions de vieillesse libérales avaient été convenues. Jusqu'à présent, aucun animal n'avait encore pris sa retraite, mais récemment, le sujet a été de plus en plus discuté. Maintenant que le petit champ au-delà du verger a été réservé à l'orge, la rumeur veut qu'un coin du grand pâturage soit clôturé et transformé en pâturage pour les animaux retraités. Pour un cheval, disait- on, la pension serait de cinq livres de maïs par jour et, en hiver, de quinze livres de foin, avec une carotte ou éventuellement une pomme les jours fériés. Le douzième anniversaire de Boxer devait être célébré à la fin de l'été de l'année suivante.

Pendant ce temps, la vie était dure. L'hiver était aussi froid que le dernier, et la nourriture était encore plus courte. Une fois de plus, toutes les rations ont été réduites, sauf celles des cochons et des chiens. Une égalité trop rigide en

Les rations, a expliqué M. Squealer, auraient été contraires aux principes de l'animalisme. En tout cas, il n'a eu aucune difficulté à prouver aux autres animaux qu'en réalité, ils ne manquaient PAS de nourriture, quelles que soient les apparences. Pour l'instant, il a certainement été jugé nécessaire de faire une réajustement des rations (Squealer en parlait toujours comme d'un "réajustement", jamais comme d'une "réduction"), mais par rapport à l'époque de Jones, l'amélioration était énorme. En lisant les chiffres d'une voix aiguë et rapide, il leur a prouvé en détail qu'ils avaient plus d'avoine, plus de foin, plus de navets qu'à l'époque de Jones, qu'ils travaillaient moins longtemps, que leur eau potable était de meilleure qualité, qu'ils vivaient plus longtemps, qu'une plus grande proportion de leurs petits survivaient en bas âge, et qu'ils avaient plus de paille dans leurs étals et souffraient moins des puces. Les animaux ont cru chaque mot. À vrai dire, Jones et tout ce qu'il représentait avaient presque disparu de leur mémoire. Ils savaient que la vie de nos jours était dure et dépouillée, qu'ils avaient souvent faim et souvent froid, et qu'ils travaillaient généralement lorsqu'ils ne dormaient pas. Mais il est certain que la situation était pire autrefois. Ils étaient heureux de le croire.

En outre, à l'époque, ils avaient été esclaves et maintenant ils étaient libres, et cela a fait toute la différence, car Squealer n'a pas manqué de le signaler.

Il y avait beaucoup plus de bouches à nourrir maintenant. À l'automne, les quatre truies avaient toutes fait leurs portées simultanément, produisant à elles quatre trente et un jeunes porcs. Les jeunes porcs étaient pie, et comme Napoléon était le seul verrat de la ferme, il était possible de deviner leur parenté. On annonça que plus tard, lorsque les briques et le bois auraient été achetés, une salle de classe serait construite dans le jardin de la ferme. Pour l'instant, les jeunes porcs sont éduqués par Napoléon lui- même dans la cuisine de la ferme. Ils faisaient leur exercice dans le jardin et étaient découragés de jouer avec les autres jeunes animaux. À cette époque également, la règle était que lorsqu'un cochon et tout autre animal se rencontraient sur le chemin, l'autre animal devait se tenir à l'écart et que tous les cochons, quel que soit leur degré de maturité, avaient le privilège de porter des rubans verts sur la queue le dimanche.

La ferme avait connu une année assez fructueuse, mais manquait encore d'argent. Il fallait acheter les briques, le sable et la chaux pour la salle de classe, et il fallait aussi commencer à économiser pour les machines du moulin à vent. Puis il y avait de l'huile à lampe et des bougies pour la maison, du sucre pour la table de Napoléon (il l'interdisait aux autres porcs, au motif que cela les faisait grossir), et tous les remplacements habituels comme les outils, les clous, la ficelle, le charbon, le fil de fer, la ferraille et les biscuits pour chiens. Une souche de foin et une partie de la récolte de pommes de terre ont été vendues, et le contrat pour les œufs a été porté à six cents par semaine, de sorte que cette année-là, les poules ont à peine fait éclore assez de poussins pour maintenir leur nombre au même niveau. Les rations, réduites en décembre, ont été à nouveau réduites en février, et les lanternes dans les stalles ont été interdites pour économiser le pétrole. Mais les porcs semblaient assez confortables et prenaient même du poids. Un après-midi de la fin février, une odeur chaude, riche et appétissante, telle que les animaux n'en avaient jamais senti, se répandit dans la cour de la petite brasserie, qui avait été désaffectée à l'époque de Jones, et qui se tenait au-delà de la cuisine. Quelqu'un a dit que c'était l'odeur de l'orge de cuisine. Les animaux reniflaient l'air avec avidité et se demandaient si une purée chaude était en train d'être préparée pour leur souper. Mais aucune purée chaude n'apparut et le dimanche suivant, on annonça que désormais tout l'orge serait réservé aux porcs. Le champ situé au-delà du verger avait déjà été ensemencé d'orge. Et la nouvelle ne tarda pas à se répandre que chaque cochon recevait désormais une ration d'une pinte de bière par jour, dont un demi gallon pour Napoléon lui-même, qui lui était toujours servi dans la soupière du Crown Derby.

Mais s'il y avait des difficultés à supporter, elles étaient en partie compensées par le fait que la vie de nos jours avait une plus grande dignité qu'auparavant. Il y avait plus de chansons, plus de discours, plus de processions. Napoléon avait ordonné qu'une fois par semaine, il y ait une manifestation spontanée, dont l'objet était de célébrer les luttes et les triomphes de la Ferme des animaux. À l'heure fixée, les animaux quittaient leur travail et défilaient en formation militaire dans l'enceinte de la ferme, les porcs en tête, puis les chevaux, les vaches, les moutons et les volailles. Les chiens accompagnaient le cortège et à la tête de tous marchait le coq noir de Napoléon. Boxer et Clover portaient toujours entre eux une bannière verte marquée du sabot et de la corne et portant la légende "Vive le camarade Napoléon!

Ensuite, on récitait des poèmes composés en l'honneur de Napoléon, et un discours de Squealer donnait des détails sur les dernières augmentations de la production de denrées alimentaires, et à l'occasion, un coup de feu était tiré du canon. Les moutons étaient les plus grands adeptes de la manifestation spontanée, et si quelqu'un se plaignait (comme le faisaient parfois quelques animaux, lorsqu'il n'y avait ni cochons ni chiens à proximité) qu'ils perdaient du temps et qu'il fallait se tenir debout dans le froid, les moutons étaient sûrs de le faire taire avec un énorme bêlement de "Quatre jambes bien, deux jambes mal!" Mais dans l'ensemble, les animaux ont apprécié ces célébrations. Ils trouvaient réconfortant de se voir rappeler qu'après tout, ils étaient vraiment leurs propres maîtres et que le travail qu'ils faisaient était pour leur propre bénéfice. Ainsi, avec les chants, les processions, les listes de figures de Squealer, le tonnerre du fusil, le chant du coq et le battement du drapeau, ils ont pu oublier que leur ventre était vide, du moins une partie du temps.

En avril, la Ferme des animaux a été proclamée République, et il a fallu élire un président. Un seul candidat, Napoléon, a été élu à l'unanimité. Le même jour, il a été annoncé que de nouveaux documents avaient été découverts qui révélaient des détails supplémentaires sur la complicité de Snowball avec Jones. Il apparaît maintenant que Snowball n'a pas, comme les animaux l'avaient imaginé auparavant, simplement tenté de perdre la bataille de l'étable par un stratagème, mais qu'il s'est battu ouvertement aux côtés de Jones. En fait, c'est lui qui avait été le chef des forces humaines et qui s'était lancé dans la bataille avec les mots "Vive l'humanité!" sur les lèvres. Les blessures sur le dos de Boule de neige, que certains animaux se souviennent encore d'avoir vues, avaient été infligées par les dents de Napoléon.

Au milieu de l'été, Moïse le corbeau réapparaît soudainement dans la ferme, après une absence de plusieurs années. Il n'avait pas changé, ne travaillait toujours pas et parlait toujours avec la même tension de la montagne Sugarcandy. Il se perchait sur une souche, battait des ailes noires et parlait à l'heure à quiconque voulait bien l'écouter. "Là-haut, camarades", disait-il solennellement, en pointant le ciel avec son grand

Le bec - "là-haut, juste de l'autre côté de ce nuage sombre que vous pouvez voir - se trouve la montagne de la Canne à sucre, ce pays heureux où nous, pauvres animaux, nous reposerons à jamais de nos labeurs! Il a même affirmé y avoir été sur l'un de ses vols en altitude, et avoir vu les champs de trèfles éternels et les gâteaux de lin et de sucre en morceaux qui poussent sur les haies. Beaucoup d'animaux l'ont cru. Leur vie, raisonnaient-ils, était affamée et laborieuse; n'était-il pas juste et normal qu'un monde meilleur existe ailleurs? Il était difficile de déterminer l'attitude des porcs envers Moïse. Ils ont tous déclaré avec mépris que ses histoires sur la montagne Sugarcandy étaient des mensonges, et pourtant ils lui ont permis de rester à la ferme, sans travailler, avec une allocation d'une ouïe de bière par jour.

Une fois son sabot guéri, Boxer a travaillé plus dur que jamais. En effet, tous les animaux ont travaillé comme des esclaves cette année-là. Outre le travail régulier de la ferme et la reconstruction du moulin à vent, il y avait l'école pour les jeunes porcs, qui a commencé en mars. Parfois, les longues heures passées à manquer de nourriture étaient difficiles à supporter, mais Boxer n'a jamais faibli. Rien de ce qu'il a dit ou fait n'indiquait que sa force n'était plus ce qu'elle était. Seule son apparence était un peu modifiée, sa peau était moins brillante qu'auparavant et ses hanches semblaient avoir rétréci. Les autres disaient: "Boxer se redressera quand l'herbe du printemps viendra"; mais le printemps est arrivé et Boxer n'a pas grossi. Parfois, sur la pente qui mène au sommet de la carrière, lorsqu'il contraint ses muscles au poids d'un énorme rocher, il semble que rien ne le retienne sur ses pieds, si ce n'est la volonté de continuer. À ces moments-là, on voyait ses lèvres former les mots "Je vais travailler plus dur"; il n'avait plus de voix. Une fois de plus, Clover et Benjamin l'avertissent de prendre soin de sa santé, mais Boxer n'y prête pas attention. Son douzième anniversaire approchait. Il ne se souciait pas de ce qui se passait tant qu'un bon stock de pierres était accumulé avant qu'il ne parte à la retraite.

Tard un soir d'été, une rumeur soudaine a circulé dans la ferme selon laquelle quelque chose était arrivé à Boxer. Il était sorti seul pour traîner un chargement de pierres jusqu'au moulin à vent. Et la rumeur était bien réelle. Quelques minutes plus tard, deux pigeons sont arrivés en courant avec la nouvelle: "Boxer est tombé! Il est couché sur le côté et ne peut pas se relever!"

Environ la moitié des animaux de la ferme se sont précipités sur le monticule où se trouvait le moulin à vent. Boxer gisait là, entre les arbres de la charrette, le cou tendu, incapable même de lever la tête. Ses yeux étaient émaillés, ses flancs couverts de sueur. Un mince filet de sang s'était écoulé de sa bouche. Le trèfle tomba à ses genoux à côté de lui.

"Boxer!" s'est-elle écriée, "comment allez-vous?"

"C'est mon poumon", a déclaré Boxer d'une voix faible. "Cela n'a pas d'importance. Je pense que vous pourrez finir le moulin à vent sans moi. Il y a une bonne réserve de pierres accumulées. De toute façon, il ne me restait plus qu'un mois à vivre. Pour vous dire la vérité, j'attendais avec impatience ma retraite. Et peut-être que, comme Benjamin vieillit lui aussi, ils le laisseront prendre sa retraite en même temps et qu'il sera mon compagnon".

"Nous devons obtenir de l'aide immédiatement", a déclaré Clover. "Courez, quelqu'un, et dites à

Squealer ce qui s'est passé."

Tous les autres animaux se sont immédiatement précipités vers la ferme pour annoncer la nouvelle à Squealer. Seul Clover est resté, et Benjamin qui s'est couché à côté de Boxer, et, sans parler, a éloigné les mouches de lui avec sa longue queue. Après environ un quart d'heure, Squealer apparut, plein de sympathie et d'inquiétude. Il dit que le camarade Napoléon avait appris avec la plus profonde détresse ce malheur à l'un des La plupart des travailleurs loyaux de la ferme, et prenait déjà des dispositions pour envoyer Boxer se faire soigner à l'hôpital de Willingdon. Les animaux se sentaient un peu mal à l'aise à ce sujet. À part Mollie et Snowball, aucun autre animal n'avait jamais quitté la ferme, et ils n'aimaient pas penser à leur camarade malade entre les mains d'êtres humains. Cependant, Squealer les a facilement convaincus que le vétérinaire de Willingdon pouvait traiter le cas de Boxer de manière plus satisfaisante que ce qui pouvait être fait à la ferme. Et environ une demi-heure plus tard, lorsque Boxer s'était quelque peu remis, il se relevait difficilement et parvenait à se rendre en boitant à son étal, où Clover et Benjamin lui avaient préparé un bon lit de paille.

Pendant les deux jours suivants, Boxer est resté dans son box. Les porcs avaient envoyé un grand flacon de médicament rose qu'ils avaient trouvé dans la pharmacie de la salle de bain, et Clover l'administrait à Boxer deux fois par jour après les repas. Le soir, elle s'allongeait dans sa stalle et lui parlait, tandis que Benjamin empêchait les mouches de l'atteindre. Boxer a déclaré qu'il n'était pas désolé de ce qui s'était passé. S'il se rétablissait bien, il pouvait s'attendre à vivre encore trois ans, et il attendait avec impatience les jours paisibles qu'il passerait dans le coin du grand pâturage. Ce serait la première fois qu'il aurait des loisirs pour étudier et améliorer son esprit. Il avait l'intention, disait-il, de consacrer le reste de sa vie à l'apprentissage des vingt-deux lettres restantes de l'alphabet.

Cependant, Benjamin et Clover ne pouvaient être avec Boxer qu'après les heures de travail, et c'est au milieu de la journée que la camionnette est venue le chercher. Les animaux étaient tous au travail à désherber des navets sous la surveillance d'un cochon, quand ils ont été étonnés de voir Benjamin arriver au galop depuis la direction des bâtiments de la ferme, en braillant à tue-tête. C'était la première fois qu'ils voyaient Benjamin excité - en fait, c'était la première fois que quelqu'un le voyait galoper.

"Vite, vite!" cria-t-il. "Viens tout de suite! Ils emmènent Boxer!" Sans attendre les ordres du cochon, les animaux ont interrompu leur travail et ont couru vers les bâtiments de la ferme. Bien sûr, il y avait dans la cour une grande camionnette fermée, tirée par deux chevaux, avec des lettres sur le côté et un homme sournois avec un chapeau melon bas, assis sur le siège du conducteur. Et la stalle de Boxer était vide.

Les animaux se sont entassés autour de la camionnette. "Au revoir, Boxer!", ont-ils crié, "au revoir !" "Idiots! Imbéciles! s'écrie Benjamin, en se pavanant autour d'eux et en tapant la terre avec ses petits sabots. "Imbéciles! Ne voyez-vous pas ce qui est écrit sur le côté de cette camionnette?"

Cela a fait réfléchir les animaux, et il y a eu un silence. Muriel a commencé à épeler les mots. Mais

Benjamin la repoussa et, au milieu d'un silence mortel, il lut:

"'Alfred Simmonds, abatteur de chevaux et chaudière à colle, Willingdon. Négociant en peaux et en farines d'os. Fourniture de chenils". Vous ne comprenez pas ce que cela signifie? Ils emmènent Boxer chez l'équarrisseur!"

Un cri d'horreur a éclaté de tous les animaux. A ce moment, l'homme sur le box a fouetté ses chevaux et la camionnette a quitté la cour au trot. Tous les animaux ont suivi, criant à tue-tête. Clover s'est frayé un chemin jusqu'à l'avant. La camionnette a commencé à prendre de la vitesse. Clover essaya de faire galoper ses membres robustes et réussit à galoper. "Boxer!" s'écria-t-elle. "Boxer! Boxer! Boxer!" Et juste à ce moment, comme s'il avait entendu le vacarme dehors, le visage de Boxer, avec la bande blanche sur le nez, apparut à la petite fenêtre à l'arrière de la camionnette.

"Boxer!" s'écria Clover d'une voix terrible. "Boxer! Sortez! Sors vite! Ils t'emmènent à la mort!"

Tous les animaux ont repris le cri de "Sors, Boxer, sors!" Mais la camionnette prenait déjà de la vitesse et s'éloignait d'eux. Il n'était pas sûr que Boxer ait compris ce que Clover avait dit. Mais un instant plus tard, son visage disparaît de la fenêtre et on entend un énorme bruit de sabots à l'intérieur de la camionnette. Il essayait de s'échapper à coups de pied. Il y avait eu une époque où quelques

Les coups de pied des sabots de Boxer auraient écrasé la camionnette pour en faire du bois d'allumette. Mais hélas! sa force l'avait quitté ; et en quelques instants, le son des sabots de tambour s'est atténué et s'est éteint. En désespoir de cause, les animaux commencèrent à faire appel aux deux chevaux qui entraînèrent la camionnette à s'arrêter. "Camarades, camarades!" criaient-ils. "N'emmène pas ton propre frère à la mort! "Mais les brutes stupides, trop ignorantes pour réaliser ce que se produisait, ne faisait que retarder leurs oreilles et accélérer leur rythme. Le visage de Boxer ne réapparaît pas à la fenêtre. Trop tard, quelqu'un a pensé à faire la course devant et à fermer le portail à cinq barres; mais à un autre moment, la camionnette l'a traversé et a rapidement disparu en bas de la route. On n'a jamais revu Boxer.

Trois jours plus tard, on annonça qu'il était mort à l'hôpital de Willingdon, malgré toutes les attentions qu'un cheval pouvait recevoir. Squealer est venu annoncer la nouvelle aux autres. Il avait, dit-il, été présent pendant les dernières heures de Boxer.

"C'est le spectacle le plus émouvant que j'ai jamais vu", a déclaré Squealer, en levant son trotteur et en essuyant un larme. "J'étais à son chevet au tout dernier moment. Et à la fin, presque trop faible pour parler, il m'a murmuré à l'oreille que son seul chagrin était d'être passé avant que le moulin ne soit terminé. "En avant, camarades! a-t-il murmuré. Avancez au nom de la rébellion. Vive la Ferme des animaux! Vive le camarade Napoléon! Napoléon a toujours raison". Ce furent ses derniers mots, camarades."

Ici, le comportement de Squealer a soudainement changé. Il se tut un instant et ses petits yeux lancèrent des regards suspects d'un côté à l'autre avant de poursuivre.

Il avait appris, dit-il, qu'une rumeur insensée et méchante avait circulé au moment de l'expulsion de Boxer. Certains des animaux avaient remarqué que la camionnette qui avait emmené Boxer portait l'inscription "Abattage de chevaux" et avaient en fait sauté à la conclusion que Boxer était envoyé chez l'équarrisseur. C'était presque incroyable, a dit Squealer, que n'importe quel animal puisse être aussi stupide. Il pleurait sûrement, indigné, en fouettant sa queue et en sautant d'un côté à l'autre, ils connaissaient sûrement mieux que ça leur Leader bien-aimé, le camarade Napoléon. Mais l'explication était vraiment très simple. La camionnette avait été la propriété de l'équarrisseur et avait été achetée par le vétérinaire, qui n'avait pas encore peint l'ancien nom. C'est ainsi que l'erreur s'est produite.

Les animaux ont été énormément soulagés d'entendre cela. Et lorsque Squealer donna d'autres détails graphiques sur le lit de mort de Boxer, les soins admirables qu'il avait reçus et les médicaments coûteux que Napoléon avait payés sans réfléchir au coût, leurs derniers doutes disparurent et la peine qu'ils ressentaient pour la mort de leur camarade fut tempérée par la pensée qu'au moins il était mort heureux.

Napoléon lui-même se présente à la réunion le dimanche matin suivant et prononce une courte oraison en l'honneur de Boxer. Il n'a pas été possible, dit-il, de ramener les restes de leur camarade déploré pour les enterrer à la ferme, mais il a ordonné qu'une grande couronne soit faite avec les lauriers du jardin de la ferme et envoyée pour être déposée sur la tombe de Boxer. Et dans quelques jours, les cochons avaient l'intention d'organiser un banquet commémoratif en l'honneur de Boxer. Napoléon a terminé son discours en rappelant

Les deux maximes préférées de Boxer, "Je vais travailler plus dur" et "Le camarade Napoléon a toujours raison", sont des maximes, dit-il, que chaque animal ferait bien d'adopter comme siennes.

Le jour fixé pour le banquet, une camionnette d'épicerie est venue de Willingdon et a livré une grande caisse en bois à la ferme. Cette nuit-là, on entendit des chants hilarants, suivis de ce qui ressemblait à une violente querelle et qui se termina vers onze heures par un énorme fracas de verre. Le lendemain, personne ne bougea dans la ferme avant midi, et la rumeur se répandit que les porcs avaient acquis de quelque part l'argent nécessaire pour s'acheter une autre caisse de whisky.

CHAPITRE X

Des années ont passé. Les saisons passaient, les courtes vies animales s'en allaient. Un temps est venu où personne ne se souvenait des anciens jours avant la rébellion, à part Trèfle, Benjamin, Moïse le corbeau et un certain nombre de porcs.

Muriel était morte; Bluebell, Jessie et Pincher étaient morts. Jones aussi était mort - il était mort dans la maison d'un ivrogne dans une autre partie du pays. Boule de neige a été oubliée. Boxer a été oublié, sauf par les quelques personnes qui l'avaient connu. Clover était maintenant une vieille jument robuste, raide aux articulations et avec une tendance aux yeux rhumatisants. Elle avait dépassé de deux ans l'âge de la retraite, mais en fait, aucun animal n'avait jamais pris sa retraite.

Il y a longtemps que l'on parle de réserver un coin de pâturage pour les animaux retraités abandonné. Napoléon était désormais un sanglier mûr de vingt-quatre pierres. Squealer était si gros qu'il pouvait difficilement voir à travers ses yeux. Seul le vieux Benjamin était à peu près le même qu'avant, sauf qu'il était un peu plus gris au niveau du museau et, depuis la mort de Boxer, plus morose et taciturne que jamais.

Il y avait beaucoup plus de créatures dans la ferme maintenant, bien que l'augmentation n'ait pas été aussi importante que ce à quoi on s'attendait les années précédentes. De nombreux animaux étaient nés, pour qui la rébellion n'était qu'une vague tradition, transmise de bouche à oreille, et d'autres avaient été achetés, qui n'avaient jamais entendu parler d'une telle chose avant leur arrivée. La ferme possède maintenant trois chevaux en plus de Clover. C'étaient de belles bêtes bien dressées, des travailleurs volontaires et de bons camarades, mais très stupides. Aucun d'entre eux ne s'est montré capable d'apprendre l'alphabet au-delà de la lettre B. Ils acceptaient tout ce qu'on leur disait sur la

Rébellion et les principes de l'Animalisme, surtout de Clover, pour qui ils avaient un respect presque filial; mais il était douteux qu'ils en comprennent beaucoup.

La ferme est maintenant plus prospère et mieux organisée: elle a même été agrandie par deux champs qui ont été achetés à M. Pilkington. Le moulin à vent avait enfin été achevé avec succès, et la ferme possédait sa propre batteuse et son propre élévateur à foin, auxquels s'étaient ajoutés divers nouveaux bâtiments. Whymper s'était acheté une charrette à chiens. Mais le moulin à vent n'avait finalement pas été utilisé pour produire de l'électricité. Il servait à moudre le maïs et rapportait un joli bénéfice. Les animaux travaillaient dur pour construire un autre moulin à vent; lorsque celui-ci serait terminé, disait- on, les dynamos seraient installées. Mais on ne parlait plus du luxe dont Boule de neige avait autrefois appris aux animaux à rêver, des stalles avec lumière électrique et eau chaude et froide, et de la semaine de trois jours. Napoléon avait dénoncé ces idées comme étant contraires à l'esprit de l'Animalisme. Le vrai bonheur, disait-il, était de travailler dur et de vivre frugalement.

D'une certaine manière, il semblait que la ferme s'était enrichie sans enrichir les animaux eux-mêmes - sauf, bien sûr, pour les porcs et les chiens. C'est peut-être en partie parce qu'il y avait tant de porcs et tant de chiens. Ce n'est pas que ces créatures n'aient pas fonctionné, à leur façon. Il y avait, comme Squealer ne se lassait jamais de l'expliquer, un travail sans fin dans la supervision et l'organisation de la ferme. Une grande partie de ce travail était d'un genre que les autres animaux étaient trop ignorants pour comprendre. Par exemple, Squealer leur disait que les porcs devaient consacrer chaque jour d'énormes efforts à des choses mystérieuses appelées "dossiers", "rapports", "procès-verbaux" et "notes de service". Il s'agissait de grandes feuilles de papier qui devaient être recouvertes d'écriture et, dès qu'elles étaient ainsi recouvertes, elles étaient brûlées dans le four. C'était de la plus haute importance pour le bien-être de la ferme, dit Squealer. Mais malgré tout, ni les porcs ni les chiens ne produisaient de nourriture par leur propre travail; et ils étaient très nombreux, et leur appétit était toujours bon.

Quant aux autres, leur vie, pour autant qu'ils le sachent, a été comme elle l'a toujours été. Ils avaient généralement faim, ils dormaient sur de la paille, ils buvaient à la piscine, ils travaillaient dans les champs; en hiver, ils étaient troubles par le froid, et en été par les mouches. Parfois, les plus âgés d'entre eux se remémorent de sombres souvenirs et tentent de déterminer si, dans les premiers jours de la rébellion, alors que l'expulsion de Jones est encore récente, les choses ont été meilleures ou pires qu'aujourd'hui. Ils ne pouvaient pas se souvenir. Il n'y avait rien à quoi ils pouvaient comparer leur vie actuelle: ils n'avaient rien d'autre à faire que de consulter les listes de chiffres de Squealer, qui montraient invariablement que tout allait de mieux en mieux. Les animaux trouvaient le problème insoluble; en tout cas, ils avaient peu de temps pour spéculer sur de telles choses maintenant. Seul le vieux Benjamin prétendait se souvenir de chaque détail de sa longue vie et savoir que les choses n'avaient jamais été, ni ne pouvaient être bien meilleures ou bien pires - la faim, les difficultés et les déceptions étant, disait-il, la loi inaltérable de la vie.

Et pourtant, les animaux n'ont jamais perdu espoir. De plus, ils n'ont jamais perdu, même pour un instant, leur sens de l'honneur et le privilège d'être membres de la Ferme des animaux. C'était encore la seule ferme de tout le comté - dans toute l'Angleterre - à posséder et à exploiter des animaux. Aucun d'entre eux, même les plus jeunes, même les nouveaux arrivants qui avaient été amenés de fermes situées à dix ou vingt miles de là, n'ont jamais cessé de s'émerveiller de cela. Et lorsqu'ils entendirent le coup de canon et virent le drapeau vert flotter en tête de mât, leur cœur se gonfla d'une fierté impérissable, et le discours se tourna toujours vers les vieux jours héroïques, l'expulsion de Jones, la rédaction des Sept Commandements, les grandes batailles dans lesquelles les envahisseurs humains avaient été vaincus. Aucun des vieux rêves n'avait été abandonné. On croyait encore à la République des Animaux que le Major avait prédite, quand les champs verts de l'Angleterre devraient être débarrassés des pieds humains.

Un jour, elle viendra: elle ne sera peut-être pas de sitôt, elle ne sera peut-être pas avec dans La vie de tout animal vivant aujourd'hui, mais elle était encore à venir. Même l'air de Beasts of England était peut-être fredonné secrètement ici et là: en tout cas, il était un fait que chaque animal de la ferme le connaissait, même si personne n'aurait osé le chanter à haute voix. Il se peut que leur vie ait été dure et que tous leurs espoirs n'aient pas été comblés; mais ils étaient conscients qu'ils n'étaient pas comme les autres animaux. S'ils avaient faim, ce n'était pas parce qu'ils nourrissaient des êtres humains tyranniques; s'ils travaillaient dur, au moins ils travaillaient pour eux-mêmes. Aucune créature parmi eux n'avait deux jambes. Aucune créature n'appelait une autre créature "Maître". Tous les animaux étaient égaux.

Un jour, au début de l'été, Squealer a ordonné aux moutons de le suivre et les a conduits vers un morceau de à l'autre extrémité de la ferme, qui était envahie par des jeunes bouleaux. Les moutons y passaient toute la journée à brouter les feuilles sous la surveillance de Squealer. Le soir, il est retourné lui-même à la ferme, mais comme il faisait chaud, il a dit aux moutons de rester là où ils étaient. Ils y sont restés une semaine entière, pendant laquelle les autres animaux n'ont rien vu. Squealer était avec eux pendant la plus grande partie de la journée. Il leur apprenait, disait-il, à chanter une nouvelle chanson, pour laquelle l'intimité était nécessaire.

C'est juste après le retour des moutons, par une agréable soirée où les animaux avaient fini leur travail et rentraient dans les bâtiments de la ferme, que le hennissement terrifié d'un cheval retentit dans la cour. Surpris, les animaux s'arrêtèrent sur leurs traces. C'était la voix de Clover. Elle hennit à nouveau, et tous les animaux se mirent à galoper et se précipitèrent dans la cour. Puis ils virent ce que Trèfle avait vu.

C'était un cochon qui marchait sur ses pattes arrière.

Oui, c'était Squealer. Un peu maladroitement, comme s'il n'avait pas l'habitude de soutenir sa masse considérable dans cette position, mais avec un équilibre parfait, il se promenait dans la cour. Et un instant plus tard, de la porte de la ferme, sortit une longue file de porcs, tous marchant sur leurs pattes arrière. Certains le faisaient mieux que d'autres, un ou deux étaient même un peu instables et semblaient vouloir être soutenus d'un bâton, mais chacun d'eux a réussi à faire le tour de la cour. Enfin, il y eut un énorme rassemblement de chiens et un chant strident du coq noir, et Napoléon lui-même sortit, majestueusement debout, jetant des regards hautains d'un côté à l'autre, et avec ses chiens qui gambadaient autour de lui.

Il portait un fouet dans son trotteur.

Il y a eu un silence mortel. Étonnés, terrifiés, blottis les uns contre les autres, les animaux regardaient la longue file de porcs qui marchaient lentement dans la cour. C'était comme si le monde avait été bouleversé. Puis vint un moment où le premier choc s'était dissipé et où, malgré tout - malgré leur terreur envers les chiens, et l'habitude, prise au cours de longues années, de ne jamais se plaindre, de ne jamais critiquer, quoi qu'il arrive - ils auraient pu émettre un mot de protestation. Mais juste à ce moment, comme à un signal, tous les moutons ont éclaté en un énorme bêlement de...

"Quatre jambes, c'est bien, deux jambes, c'est mieux! Quatre jambes, c'est bien, deux jambes, c'est mieux! Quatre jambes bien, deux jambes mieux!"

Il a continué pendant cinq minutes sans s'arrêter. Et le temps que les moutons se calment, la possibilité de protester est passée, car les porcs sont rentrés dans la ferme.

Benjamin a senti un nez qui lui coulait sur l'épaule. Il a regardé autour de lui. C'était Clover. Ses vieux yeux semblaient plus sombres que jamais. Sans rien dire, elle tira doucement sur sa crinière et le conduisit jusqu'au bout de la grande grange, où étaient écrits les Sept Commandements. Pendant une minute ou deux, ils sont restés là à regarder sur le mur en lambeaux avec ses lettres blanches.

"Ma vue baisse", dit-elle enfin. "Même quand j'étais jeune, je n'aurais pas pu lire ce qui y était écrit. Mais il me semble que ce mur a l'air différent. Les Sept Commandements sont-ils les mêmes qu'avant, Benjamin?"

Pour une fois, Benjamin a consenti à enfreindre sa règle, et il lui a lu ce qui était écrit sur le mur. Il n'y avait plus qu'un seul commandement. Il a couru:

TOUS LES ANIMAUX SONT ÉGAUX MAIS CERTAINS ANIMAUX SONT PLUS ÉGAUX QUE LES AUTRES Après cela, il n'a pas semblé étrange que le lendemain, les porcs qui supervisaient le travail de la ferme aient tous porté des fouets dans leurs trotteurs. Il n'a pas semblé étrange d'apprendre que les porcs s'étaient acheté un appareil sans fil, s'arrangeaient pour installer un téléphone et avaient pris des abonnements à John Bull, TitBits et au Daily Mirror. Il n'a pas semblé étrange de voir Napoléon se promener dans le jardin de la ferme avec un tuyau dans sa bouche - non, pas même lorsque les cochons sortaient les vêtements de M. Jones des armoires et les mettaient, Napoléon lui-même apparaissant dans un manteau noir, une culotte à cliquet et des jambières en cuir, tandis que sa truie préférée apparaissait dans la robe de soie arrosée que Mme Jones avait l'habitude de porter le dimanche.

Une semaine plus tard, dans l'après-midi, un certain nombre de chariots à chiens se sont rendus à la ferme. Une délégation d'agriculteurs voisins avait été invitée à faire une visite d'inspection. On leur a fait visiter toute la ferme et ils ont exprimé une grande admiration pour tout ce qu'ils ont vu, en particulier le moulin à vent. Les animaux désherbaient le champ de navets. Ils travaillaient assidûment en levant à peine le visage du sol, et ne savaient pas s'il fallait avoir plus peur des cochons ou des visiteurs humains.

Ce soir-là, des rires forts et des éclats de chant sont venus de la ferme. Et soudain, au son des voix mélangées, les animaux furent frappés de curiosité. Ce qui pourrait se passer là-dedans, maintenant que pour la première fois les animaux et les êtres humains se rencontrent sur un pied d'égalité? D'un commun accord, ils ont commencé à se faufiler le plus discrètement possible dans le jardin de la ferme.

A la porte, ils se sont arrêtés, à moitié effrayés de continuer, mais Clover a ouvert la voie. Ils montèrent sur la pointe des pieds jusqu'à la maison, et les animaux assez grands regardèrent par la fenêtre de la salle à manger. Là, autour de la longue table, étaient assis une demi-douzaine de fermiers et une demi- douzaine de porcs plus éminents, Napoléon lui-même occupant le siège d'honneur en tête de table. Les porcs semblaient tout à fait à l'aise dans leurs chaises. La compagnie s'était adonnée à une partie de cartes mais avait interrompu ses activités pour le moment, évidemment pour porter un toast. Un grand pichet circulait et les tasses étaient remplies de bière. Personne n'a remarqué les visages émerveillés des animaux qui regardaient par la fenêtre.

M. Pilkington, de Foxwood, s'était levé, sa tasse à la main. Dans un instant, dit-il, il demandera à la présente compagnie de porter un toast. Mais avant de le faire, il avait estimé qu'il lui incombait de dire quelques mots.

C'est une grande satisfaction pour lui, dit-il, et, il est sûr, pour tous les autres présents, de sentir qu'une longue période de méfiance et d'incompréhension est maintenant terminée. Il y a eu un temps - non pas que lui, ni aucun des membres de la société actuelle, ait partagé de tels sentiments - mais il y a eu un temps où les propriétaires respectés de la Ferme des animaux ont été considérés, dira-t-il, non pas avec hostilité, mais peut-être avec une certaine méfiance, par leurs voisins humains. Des incidents malheureux se sont produits, des idées erronées ont été courantes. On a estimé que l'existence d'une ferme détenue et exploitée par des porcs était en quelque sorte anormale et risquait d'avoir un effet déstabilisant sur le voisinage. Trop d'agriculteurs ont supposé, sans enquête préalable, que dans une telle ferme, l'esprit de licence et l'indiscipline prévaudraient. Ils avaient été nerveux quant aux effets sur leurs propres animaux, ou même sur leurs employés humains. Mais tous ces doutes étaient maintenant dissipés. Aujourd'hui, lui et ses amis ont visité la Ferme des animaux et en ont inspecté chaque recoin de leurs propres yeux, et qu'ont-ils trouvé? Non seulement les méthodes les plus modernes, mais aussi une discipline et un ordre qui devraient être un exemple pour tous les agriculteurs du monde entier. Il pensait avoir raison de dire que les animaux inférieurs de la Ferme des animaux travaillaient plus et recevaient moins de nourriture que tous les animaux du comté. En effet, lui et ses collègues visiteurs d'aujourd'hui ont observé de nombreuses caractéristiques qu'ils ont l'intention d'introduire immédiatement dans leurs propres fermes.

Il terminera ses remarques, a-t-il dit, en soulignant une fois de plus les sentiments d'amitié qui subsistent, et devraient subsister, entre la Ferme des animaux et ses voisins. Entre les porcs et les êtres humains, il n'y a pas, et il n'est pas nécessaire qu'il y ait, de conflit d'intérêts, quel qu'il soit. Leurs luttes et leurs difficultés ne faisaient qu'un. Le problème du travail n'était-il pas le même partout? Il devint évident que M. Pilkington était sur le point d'insuffler à l'entreprise un esprit soigneusement préparé, mais pendant un moment, il fut trop pris par l'amusement pour pouvoir le dire. Après un long étouffement, au cours duquel ses différents mentons sont devenus violets, il a réussi à le faire sortir: "Si vous avez à faire à vos animaux inférieurs, dit-il, nous avons nos classes inférieures!" Ce bon mot a mis la table dans un rugissement ; et M. Pilkington a de nouveau félicité les porcs pour les faibles rations, les longues heures de travail, et l'absence générale de dorlotement qu'il avait observée à la Ferme des animaux.

Et maintenant, dit-il enfin, il demandera à la compagnie de se lever et de s'assurer que leurs verres sont pleins. "Messieurs," conclut M. Pilkington, "Messieurs, je vous porte un toast: A la prospérité de la Ferme des Animaux!"

Il y a eu des acclamations enthousiastes et des coups de pied. Napoléon était si heureux qu'il quitta sa place et vint autour de la table pour tinter sa tasse contre celle de M. Pilkington avant de la vider. Lorsque les acclamations se sont tues, Napoléon, qui était resté debout, a laissé entendre qu'il avait lui aussi quelques mots à dire.

Comme tous les discours de Napoléon, il était court et précis. Lui aussi, dit-il, était heureux que la période de malentendu soit terminée. Pendant longtemps, des rumeurs avaient circulé, il avait raison de penser, par quelque ennemi malin, qu'il y avait quelque chose de subversif et même de révolutionnaire dans sa vision de lui-même et de ses collègues. On leur avait attribué le mérite d'avoir tenté d'attiser la rébellion des animaux des fermes voisines. Rien n'est plus faux! Leur seul souhait, aujourd'hui comme hier, était de vivre en paix et d'entretenir des relations commerciales normales avec leurs voisins. Cette ferme qu'il a eu l'honneur de contrôler, ajoute-t-il, était une entreprise coopérative. Les titres de propriété, qui étaient en sa possession, étaient détenus conjointement par les porcs.

Il ne croit pas, dit-il, que les anciens soupçons persistent, mais certains changements ont été apportés récemment dans la routine de l'exploitation, ce qui devrait avoir pour effet de renforcer encore la confiance. Jusqu'à présent, les animaux de la ferme avaient eu la coutume plutôt stupide de s'adresser les uns aux autres en tant que "camarade". Cette coutume devait être supprimée. Il y avait aussi une coutume très étrange, dont l'origine était inconnue, qui consistait à marcher chaque dimanche matin devant le crâne d'un sanglier qui était cloué à un poteau dans le jardin. Cela aussi serait supprimé, et le crâne avait déjà été enterré. Ses visiteurs auraient pu aussi observer le drapeau vert qui flottait en tête de mât. Si c'était le cas, ils auraient peut-être remarqué que le sabot et la corne blancs avec lesquels il avait été marqué auparavant avaient maintenant été enlevés. Il s'agirait désormais d'un simple drapeau vert.

Il n'avait qu'une seule critique à faire, a-t-il dit, à l'égard de l'excellent discours de M. Pilkington et de son bon voisinage. M. Pilkington a fait référence à la "Ferme des animaux" tout au long du discours. Il ne pouvait évidemment pas savoir - car c'était la première fois que Napoléon l'annonçait - que le nom de "Ferme des animaux" avait été supprimé. Désormais, la ferme devait être connue sous le nom de "The Manor Farm" - ce qui, selon lui, était son nom correct et original.

"Messieurs, conclut Napoléon, je vous porterai le même toast qu'auparavant, mais sous une forme différente. Remplissez vos verres à ras bord. Messieurs, voici mon toast: À la prospérité du Manoir! "

Les acclamations sont restées les mêmes qu'auparavant et les tasses ont été vidées jusqu'à la lie. Mais alors que les animaux dehors regardaient la scène, il leur semblait qu'il se passait quelque chose d'étrange. Qu'est-ce qui avait changé dans le visage des cochons? Les vieux yeux ternes de Clover passaient d'un visage à l'autre.

Certains avaient cinq mentons, d'autres en avaient quatre, d'autres encore en avaient trois. Mais qu'est- ce qui semblait fondre et changer? Puis, les applaudissements ayant cessé, la compagnie a repris ses cartes et a continué le jeu qui avait été interrompu, et les animaux se sont éloignés en silence.

Mais ils n'avaient pas fait vingt mètres quand ils se sont arrêtés. Un vacarme de voix venait de la ferme. Ils se sont précipités vers l'arrière et ont regardé à nouveau par la fenêtre. Oui, une violente querelle était en cours. Il y avait des cris, des coups sur la table, des regards suspicieux aigus, des dénégations furieuses. La source du problème semblait être que Napoléon et M. Pilkington avaient chacun joué un as de pique simultanément.

Douze voix criaient de colère, et elles étaient toutes semblables. Il ne fait aucun doute que les visages des porcs étaient devenus plus nets. Les créatures du dehors regardaient de cochon à homme, et d'homme à cochon, et de cochon à homme encore; mais déjà il était impossible de dire lequel était lequel.